Gustavo Pacheco
alguns humanos

RIO DE JANEIRO
TINTA-DA-CHINA
MMXIX

© Gustavo Pacheco, 2018

1.ª edição (capa dura): abril de 2018
1.ª edição (brochura): dezembro de 2019
Edição: Tinta-da-china Brasil
Revisão: Tinta-da-china Brasil
Capa e projeto gráfico: Tinta-da-china Brasil

Todos os direitos
desta edição reservados à
Tinta-da-china Brasil

Rua Ataulfo de Paiva, 245, 4.º andar
Leblon, 22440-033 RJ
Tel. (00351) 21 726 90 28
info@tintadachina.pt
www.tintadachina.pt/brasil

P116a Pacheco, Gustavo, 1972
   Alguns Humanos / Gustavo Pacheco — 1.ed. —
   Rio de Janeiro: Tinta-da-china Brasil, 2019 .
   144 pp.; 18,5 cm

   ISBN 978-85-65500-53-1

   1. Contos brasileiros
   I. Título.

     CDD B869.35
     CDU 821.134.3(81)-3

sumário

Dohong 7
Alguns primatas 17
Zakaly 31
História natural 37
Kuek 53
O amante da mulher mais feia do mundo 63
A emanação 73
Deus não vai se incomodar 83
As formigas 91
Alguns humanos 105
Ambystoma mexicanum ou o labirinto invisível 117

DOHONG

Primeiro veio a febre. Depois, a falta de apetite. A febre foi embora logo, mas a falta de apetite continuou. Esses sintomas não eram especialmente dignos de nota, e não foram notados por ninguém. No entanto, os dias passaram e Dohong foi ficando cada vez mais ensimesmado e deprimido. O desinteresse pela comida foi se tornando desinteresse por tudo o mais. Onze dias depois de a febre ter ido embora, ela voltou, mais forte, acompanhada por secreções purulentas nos olhos e no nariz. Sem comer, Dohong enfraquece rapidamente.

Dohong era pequeno demais para se lembrar, mas Sikey também sofreu de falta de apetite pouco antes de morrer. Nada menos de trinta pratos diferentes tinham sido preparados especialmente para ela ao longo de uma semana, e Sikey rejeitou todos. Às vezes tinha acessos de cólera, berrava e jogava os pratos em quem aparecesse pela frente, mas na maior parte do tempo ficava quieta com seus pensamentos, com a cara solene de quem se acha com a razão, os olhos encovados faiscando. Dohong, uma miudeza, agarrava o cabelo vermelho de Sikey com seus dedos pequenos mas firmes, e observava com terror o mundo ao seu redor.

Quando ficou claro para todos que a morte de Sikey era apenas questão de tempo, e que Dohong definhava junto com a mãe, tiveram que separá-los. A fúria de Sikey alcançou dimensões bíblicas, e quem testemunhou seus ataques de brutalidade desesperada jamais se esquecerá deles. Logo o cansaço a venceu, e ela passou três dias sem comer e sem se mover, até expirar calmamente. Após a morte de Sikey, Dohong ficou duas semanas entre a vida e a morte, e houve quem anunciasse que estava tudo perdido. No entanto, o bebê aceitava pequenas quantidades de leite, e começou a ganhar peso, de forma lenta mas contínua. Dois meses depois, já comia frutas e mingau de arroz. Era um sobrevivente.

Deitado no chão áspero, debilitado e sentindo que os músculos fogem ao seu controle, Dohong sofre a mesma inapetência que sua mãe padeceu antes de morrer, mas agora a causa é outra. Sikey morreu de desgosto. Deixou-se extinguir, vencida pela tristeza do exílio. Dohong não teve tempo de conhecer sua terra natal. O que vai matá-lo não é a saudade, mas um surto de cinomose, que antes de ser descoberto e combatido matará mais cinco de seus companheiros de jaula.

É sabido e consabido que todo ser humano, no momento da morte, revê sua vida inteira em um instante infinitesimal, como se fosse um filme em altíssima velocidade. Porém, cego por sua soberba de espécie que se crê especial, o *Homo sapiens* ignora que o mesmo acontece com todos os primatas superiores, incluindo, é claro, os orangotangos. É o que Dohong vai descobrir agora.

Dohong vai morrer com seis anos. É pouco, muito pouco, já que um orangotango em cativeiro pode atingir dez vezes essa idade. No entanto, e apesar de ter passado a maior parte de sua vida no Zoológico do Bronx, Dohong viveu o bastante para ter o que lembrar na hora de sua morte.

Dohong não tem lembranças das florestas de Kalimantan, onde foi capturado aos três meses de idade, junto com sua mãe. Nem da longa e dura travessia nos porões abarrotados do *Graf Waldersee*, com mais 740 humanos que, como ele, começariam vida nova no Novo Mundo, no ano do Senhor de 1906. No mesmo navio, também vieram para o Zoológico do Bronx um casal de mandris, três lêmures e uma chimpanzé. Pobres mandris e lêmures; não tinham carisma, empatia com os humanos ou apelo publicitário suficientes para receberem um nome. Mas a chimpanzé sim: Polly.

A Polly pertencem as lembranças mais antigas de Dohong. Amigos desde sempre, companheiros na orfandade e no cativeiro, as afinidades, os afetos e as carências se sobrepondo às barreiras de gênero e espécie. Era comum que Polly passasse longas horas na jaula de Dohong. Mesmo quando estavam em jaulas separadas, não passavam muito tempo sem se comunicarem um com o outro, em um idioma próprio que só eles entendiam.

Polly estava ao seu lado no dia em que Dohong inventou a alavanca. Nas paredes da jaula havia algumas barras horizontais de madeira, de quatro centímetros de espessura, presas em cantoneiras de ferro fundido. Uma delas havia se quebrado, e Dohong brincava com um dos pedaços. Mexe daqui, mexe dali, acabou enfiando o pedaço de pau entre uma das barras e a parede. Foi só questão de tempo até que a enorme força muscular de Dohong, amplificada pela alavanca, partisse a barra ao meio com um estalo seco. Excitado, tentou o mesmo em outra barra, e em segundos a destruiu. Antes que arrebentasse a terceira, foi contido pelos tratadores.

Meses depois, quando todos já haviam esquecido o incidente, Dohong pensou que a nova invenção poderia ser a solução para um problema que o incomodava desde sempre: a abertura entre as grades da jaula não era grande o bastante para que ele pudesse esticar a cabeça e espiar o que estava acontecendo na jaula dos chimpanzés ao lado. Remoeu a ideia vários dias até entender que a barra do trapézio, presa em duas correntes que pendiam do teto da jaula, era a ferramenta perfeita.

Balançou-se vigorosamente até o canto superior esquerdo da jaula, saltou do trapézio e enfiou uma das extremidades da barra entre a primeira grade e a coluna de aço que separava uma jaula da outra. Esticou o longo braço, puxou com decisão a outra extremidade, e viu a grade entortar-se lentamente. Polly não se conteve de alegria, e começou a guinchar quando viu a face vitoriosa de Dohong emergindo do lado de fora. Logo o escarcéu se espalhou por toda a casa dos primatas, chamando a atenção dos tratadores. A grade foi imediatamente consertada e o trapézio foi mudado de lugar, mas Dohong jamais se esqueceria daquele dia.

Polly também estava a seu lado quando o novo primata chegou. As primeiras coisas que Dohong reparou no animal foram os olhos negros penetrantes e os dentes pontudos e afiados. Mas a desconfiança inicial se dissipou em segundos, quando o recém-chegado se aproximou e começou a investigar com interesse a pelugem avermelhada de Dohong.

Como Dohong e Polly, o novo primata era importante o bastante para que os humanos o chamassem por um nome: Ota. Uma placa informava aos visitantes do Zoológico que o recém-chegado tinha quatro pés e 11 polegadas de altura, pesava 103 libras, fora trazido do rio Kasai, no Estado Livre do Congo, África Central, pelo Dr. Samuel P. Verner, e ficaria em exibição todas as tardes de setembro.

Os gestos de Ota eram firmes mas cuidadosos, e neles Dohong pressentiu certa prudência nascida do sofrimento, ao que alguém poderia argumentar que toda verdadeira prudência nasce do sofrimento, próprio ou alheio, mas seja como for Dohong entendeu intuitivamente que seu novo companheiro passara por poucas e boas ao longo de sua vida. Apesar disso, ou talvez por causa disso, Ota era brincalhão e carinhoso, não demonstrando qualquer sinal do mau humor e da agressividade tão comuns entre seus colegas de jaula.

Nessa época, o Zoológico do Bronx era o mais populoso do mundo, com 4034 animais de 865 espécies diferentes. Mas poucas vezes algum deles fez tanto sucesso quanto Ota. Já na primeira tarde de exibição, mais de três centenas de visitantes se acotovelavam para vê-lo. As pessoas gritavam e gesticulavam, competindo pela atenção de Ota, que logo percebeu que qualquer gesto seu, por mais discreto que fosse, tinha o dom de fazer as pessoas rirem. Polly estranhou tanta atenção e ficou quieta no seu canto, mastigando uma ponta de ciúme enquanto Dohong assistia curioso ao desfile de visitantes. Os jornais publicaram notas entusiasmadas e condescendentes, como costumavam fazer com todos os animais recém-chegados ao Zoológico.

No dia seguinte, um domingo, a multidão aumentou. A direção do Zoológico havia decidido exibir Ota a partir das duas da tarde, mas bem antes disso já havia gente perguntando onde estava o novo primata. Vendo que Ota e Dohong se davam bem, os tratadores colocaram-nos na mesma jaula na casa dos primatas. A cada abraço carinhoso dos dois, o público rugia, às gargalhadas.

Nem todas as gargalhadas eram iguais, contudo. Havia os que riam sem culpa, como se estivessem em um daqueles espetáculos em que comediantes brancos pintavam a cara de preto, cantavam e faziam palhaçadas. Havia os que riam de forma quase automática, porque é difícil não rir quando todos estão rindo. E havia os que riam constrangidamente e saíam pensativos.

Havia também os que não riam. Entre esses, estava um jovem que saiu do Zoológico e foi contar o que vira ao Reverendo R. S. MacArthur, da Igreja Batista do Calvário. O Reverendo MacArthur, indignado, procurou seu amigo, o Dr. Gilbert, da Igreja Batista Monte das Oliveiras. O Dr. Gilbert concordou com o Reverendo MacArthur que algo precisava ser feito urgentemente, e sugeriu realizar uma reunião na manhã seguinte, na sua própria Igreja.

No dia seguinte, alguns pastores convocados pelo Dr. Gilbert decidiram criar uma comissão, chefiada pelo Reverendo J. H. Gordon, superintendente do asilo de órfãos Howard, no Brooklyn. O Reverendo MacArthur recomendou à comissão que seu primeiro passo fosse ir até o Zoológico e confirmar se era verdade que Ota estava lá.

Naquela mesma segunda-feira, a comissão dirigiu-se ao Zoológico e não encontrou Ota na jaula dos primatas. Perguntando aos zeladores, acabaram encontrando Ota em um pequeno aposento, onde brincava com Dohong. Alguns membros da comissão acharam que os relatos eram exagerados e que não se tratava de um caso tão sério. O zelador explicou que Ota não estava na jaula pois às segundas-feiras o número de visitantes era muito reduzido e portanto não era suficiente para justificar a exibição do primata, mas que no dia seguinte ele voltaria a ser exibido, e assim também em todas as tardes de setembro, como se podia ler na placa ao lado da casa dos primatas, e de acordo com as instruções recebidas do diretor do Zoológico, Dr. William T. Hornaday.

A comissão, enfurecida, foi então pedir explicações ao Dr. Hornaday, mas ele não estava no Zoológico naquela tarde. Alguns sugeriram esperar até o dia seguinte para conversar com o diretor, mas a maioria decidiu que já tinham visto o suficiente para tomar uma atitude. Naquela mesma tarde, enquanto alguns membros da comissão iam até as redações, outros foram até o gabinete do prefeito.

Na manhã do dia seguinte, o escândalo já estava nas manchetes dos jornais. O prefeito lavou as mãos, dizendo que o problema não era com ele, e sim com a Sociedade Zoológica, que era a responsável pelo Zoológico do Bronx. O Reverendo Gordon deu uma longa entrevista ao *New York Times,* criticando duramente o diretor do Zoológico, o presidente da Sociedade Zoológica e até mesmo o Professor Verner, que tinha trazido Ota da África. Gordon, falando como porta-voz da comissão, disse que nós, os negros, já tínhamos sofrido desgraças suficientes para agora termos que nos submeter à humilhação de sermos colocados lado a lado com um orangotango em uma jaula de Zoológico. Disse também que já era hora de os negros serem considerados como seres humanos, mesmo pigmeus que não falam língua de cristão e que limam os dentes para ficarem pontiagudos. Disse, por fim, que a exibição de Ota parecia ser parte de um plano para dar credibilidade à teoria da evolução de Darwin.

O Professor Verner era um homem reservado, mas sentiu-se obrigado a rebater as críticas publicamente. Disse aos jornais que seu trabalho na África tinha caráter humanitário, que além de explorador e antropólogo era também missionário, que comprara a liberdade de Ota em um mercado de escravos depois de quase toda sua tribo, incluindo sua mulher e seus dois filhos, ter sido chacinada por soldados belgas, que trouxera Ota junto com outros nativos africanos para a exposição antropológica da Feira Mundial de Saint Louis, que quando Ota voltou ao Congo com ele não conseguiu se readaptar e pediu ao professor para retornar ao país dos brancos, que tentara conseguir acomodações para Ota no Exército da Salvação mas não tivera sucesso, que não podia deixar Ota sozinho em qualquer lugar pois o pigmeu não era completamente responsável por seus atos, que o Dr. Hornaday havia sugerido o Zoológico como um bom lugar para Ota ficar, pois lá ele estaria sob os cuidados dos tratadores, se sentiria mais próximo de sua vida na África, poderia integrar uma exposição etnológica que com certeza interessaria os visitantes, e além do mais poderia ajudar a cuidar dos animais.

Nesse mesmo dia à tarde, Dohong observou como o número de visitantes passava dos milhares, algo inusitado e inédito levando em conta que não era um fim-de-semana, que a temporada de férias já tinha acabado, e que o tempo já estava começando a esfriar. Ota, embora continuasse sorrindo e brincando com Dohong, começava a mostrar sinais de cansaço com tanta atenção. Mas não desapontava os visitantes: agora, além de brincar com Dohong e repetir desajeitadamente as palavras que ouvia, ele passou a usar seu arco e flecha, atirando no tronco das árvores e nos esquilos que passassem por perto.

No dia seguinte, o Dr. Hornaday, tendo escutado as queixas da comissão, decidiu permitir que Ota perambulasse livremente pelo Zoológico. Pelas grades da jaula, Dohong agora via Ota passear com uma garrafa de refrigerante na mão, enquanto uma multidão cada vez maior o seguia, gritando seu nome, cutucando, gargalhando.

Quando chegou o sábado, quarenta mil pessoas se espalhavam pelo Zoológico, e a maioria delas só tinha um interesse, uma obsessão: Ota. Um guarda foi destacado para acompanhá-lo o tempo todo e protegê-lo da multidão. O assédio era tanto que Ota, irritado, flechou um dos visitantes no rosto. Foi salvo do linchamento por um dos tratadores, que o trancou novamente na jaula com Dohong.

Dohong se alegrou com a volta do amigo à casa dos primatas, mas a alegria durou pouco. Dias depois, o Reverendo Gordon apareceu no Zoológico. Abraçando Ota, pronunciou palavras emocionadas. Nem Ota nem Dohong entenderam as palavras do Reverendo, mas entenderam que era hora de partir. Abraçaram-se em silêncio. Pelas grades da jaula, Dohong acompanhou com o olhar enquanto Ota se afastava.

A Ota pertencem as últimas lembranças de Dohong. É com a imagem de Ota na mente que Dohong sente os primeiros solavancos de sua alma desprendendo-se aos poucos de seu corpo. Ao contrário do que Dohong e muitos outros imaginam, a morte não é instantânea, mas sim um processo que acontece em etapas. É difícil explicar para quem nunca passou por isso, mas digamos, para simplificar, que Dohong sente que aos poucos o tempo começa a se tornar fluido, maleável. Suas lembranças vão se agregando progressivamente a vislumbres do futuro, até passado e futuro se tornarem uma única e indistinta substância. Quando Dohong atinge esse estágio, sente-se atraído por um pedaço de futuro que flutua em direção à sua consciência. Nesse futuro não muito distante, apenas dez anos depois, Dohong vê Ota chegar do trabalho na fábrica de tabaco, olhar-se no espelho, arrancar com uma faca as próteses que escondem seus dentes pontiagudos, caminhar devagar até o estábulo, deitar-se no chão de palha, segurar uma pistola sobre o coração e disparar.

ALGUNS PRIMATAS

— Obrigado por ter vindo.
— Olha, vou ser bem sincera, não sei se vou poder te ajudar muito, não ando muito criativa.
— Você está mais magra.
— Não estou não. Impressão sua.
— E o Vicente, tudo bem com ele?
— Tudo. Mês que vem sai o novo livro dele.
— Ah. Legal. E o seu livro? Li em algum lugar que ia sair por agora...
— Ainda estou mexendo em algumas coisas. Deve sair só no começo do ano que vem.
— Ah. Legal.
— Faz tempo que não venho aqui.
— Eu também. Eu vinha aqui quando era criança, depois que cresci nunca mais.
— Mas pô, vamos combinar que jardim zoológico é um lugar triste pra caralho. Mesmo quando é bem cuidado é deprimente, quanto mais largado desse jeito.
— Cada um com sua prisão. Não seja tão romântica.
— Romântica? Fala sério, olha a cara desse urso. Quando você tiver um filho, vai trazer ele aqui pra ver essa desolação?
— Sei lá. Acho que sim. Crianças não têm esses pruridos morais não.

— Sei. Olha, não me leve a mal, mas não posso ficar a tarde toda, estou cheia de coisa pra fazer.
— Tá bom, tá bom. Vamos lá. Então... Posso começar?
— Pode.
— Ok. Os muriquis são os maiores macacos das Américas...
— Porra, macacos de novo?!
— Calma pô, eu mal comecei. Os muriquis são grandes, chegam a pesar 15 quilos...
— Isso é grande? Grande pra mim é do tamanho de um chimpanzé.
— Não, não. Eles são bem menores. Mas são bichos muito interessantes, porque o comportamento deles é diferente do dos outros macacos.
— Por exemplo?
— Eles quase não brigam entre si. A maioria dos primatas vive brigando pra ver quem manda no grupo e quem tem acesso às fêmeas, mas eles não.
— Não me diga.
— Sério. Não faz essa cara. Agora, o mais interessante são as teorias pra explicar por que eles são assim. Resumindo uma história bem mais comprida, os muriquis se movimentam balançando pelos galhos das árvores. Só que, como eles são macacos relativamente grandes, estão no limite da relação custo-benefício entre o peso e a velocidade. Se fossem um pouco maiores e mais pesados, teriam dificuldade em se movimentar tão rapidamente. Bom, a gente sabe que em todas as sociedades poligâmicas o macho que é maior costuma sair na frente na disputa pelas fêmeas, certo?
— É uma pergunta retórica?

— Não, estou falando sério. Não faz essa cara que o tamanduá ali vai ficar assustado. Enfim, na sociedade poligâmica muriqui o tamanho do macho não é uma vantagem, porque quanto maior o macaco, mais lerdo e mais sujeito a quedas. A seleção natural conspira para que machos e fêmeas muriquis tenham mais ou menos o mesmo tamanho. O resultado é que as fêmeas muriquis não podem ser dominadas pelos machos. Isso quer dizer que elas podem escolher livremente seus parceiros. Cruzam a seu bel-prazer com qualquer macho, e se não forem com a cara de um, ninguém pode obrigá-las a copular com ele.

— Macacas feministas.

— É você quem está dizendo, não eu. Bom, continuando: seria de se esperar que os machos muriquis brigassem entre si o tempo todo por causa das fêmeas, mas isso não ocorre. Acontece que a ingestão calórica dos muriquis é limitada por causa do seu habitat e do seu tamanho. Ou seja, os muriquis não podem se dar ao luxo de gastar sua preciosa energia brigando entre si. Os machos agressivos gastam mais energia mais rápido, e não conseguem repor as calorias no mesmo ritmo. As fêmeas muriquis tendem a evitar os machos agressivos. Nesse cenário, como um macho pode garantir que seu esperma prevaleça sobre o dos outros machos, aumentando assim a chance de perpetuar seus genes?

— Trepando o maior número de vezes possível com o maior número de fêmeas possível.

— Certo. Mas a situação é complexa, já que as fêmeas costumam ter vários parceiros, e qualquer tentativa de conseguir exclusividade será um fracasso na certa. Ora, uma atividade sexual muito frequente poderia reduzir a quantidade de esperma de um indivíduo, o que seria uma desvantagem evolutiva. Novamente, a seleção natural entra em campo, premiando os indivíduos que produzem mais esperma. Isso explica os imensos testículos característicos dos machos muriquis.

— Então você está escrevendo sobre macacos hippies hiper-sexualizados.

— Não, isso é só o pano de fundo, ainda não sei direito como vou mostrar tudo isso.

— E qual é o conflito? Quero saber do conflito.

— Bom, é o seguinte. Vamos dizer que quem mais entende de muriqui no mundo é um biólogo alemão. A grande paixão da vida dele são os macacos, ele não tem vida social e afetiva fora do trabalho. Ele estuda os muriquis há vinte anos. Antes disso, estudou babuínos no Quênia. Os trabalhos dele sobre os muriquis são referência mundial não só no estudo dessa espécie, mas também nos estudos de primatologia em geral. Isso porque, quando ele começou seu trabalho de campo no Brasil, ele já conhecia os principais modelos teóricos da primatologia. Só que esses modelos foram quase todos construídos a partir de trabalho de campo feito na África. Aí ele descobre que muita coisa que faz sentido pros macacos africanos não se aplica aos muriquis, e começa a desenvolver novos modelos teóricos, que mudam os rumos da primatologia. O trabalho que ele fez no Quênia é bom, mas o que ele fez no Brasil é brilhante.

Aí, depois de uns dez anos trabalhando com os muriquis, ele recebe uma proposta pra trabalhar na Indonésia. Seria a consagração profissional definitiva: com todo o conhecimento que ele acumulou em primeira mão sobre macacos do Quênia e do Brasil, mais o que poderia descobrir com trabalho de campo na Indonésia, ele teria uma visão comparativa que pouquíssimos primatólogos têm. Ele poderia ser talvez o primatólogo mais importante do mundo. Só que ele não aceita a proposta e decide ficar no Brasil indefinidamente.

— Por quê?

— Ah, isso vai ser revelado em algum momento. Quer dizer, ainda não sei se vou revelar. Talvez seja bom deixar um mistério na vida do alemão, humaniza ele.

— Tá. Ele é bonito?

— Olha, não é feio, não.

— Tá, e cadê o conflito?

— Bom, aí entra em cena uma jovem estudante de biologia. Brasileira. Ela chega nos muriquis meio que por acaso. Ela não estudava primatas, estudava outra coisa. Aí ela começa a namorar um cara, também estudante de biologia, que está fazendo estágio de pesquisa numa reserva ecológica onde está concentrada a maior população de muriquis. Mas não são muitos, o bicho está ameaçado de extinção.

— Sabe quantos são?

— Nessa reserva, devem ser pouco mais de cem macacos. Bom, um dia a estudante acompanha o namorado que está indo pra reserva, se interessa pelos bichos, convidam ela pra pesquisar lá, ela aceita e acaba trabalhando dois anos na reserva e fazendo sua dissertação de mestrado sobre os muriquis. Orientada pelo alemão.

— Ela é bonita?

— É.

— Claro, né. Pô, que falta de imaginação. Qual é a diferença de idade entre ela e o orientador?

— Hmm... Uns 15 anos. Então, essa menina é um pouco confusa, tem um monte de questões, tem dúvidas quanto à escolha profissional, a vida dela é meio desorganizada e o jeito dela trabalhar é bem caótico também. Mas ela é muito intuitiva, e o alemão logo percebe que ela é uma das pesquisadoras mais promissoras do projeto. Enquanto isso, o namorado, que também é orientado pelo alemão... Antes que você pergunte: ele é com certeza um cara bonito, mais bonito que o alemão, mas obviamente não é tão maduro, e pra algumas mulheres talvez não seja tão interessante. Aparentemente, é um cara do bem, carinhoso. Um pesquisador sério, passou em primeiro lugar no mestrado. Mas não tem criatividade nenhuma. É tão certinho e obcecado com o trabalho que às vezes chega a ser neurótico. Como ele e a namorada fazem parte da mesma equipe de pesquisa, os estilos diferentes de trabalho e a própria convivência dos dois na reserva acabam gerando alguns desgastes... Vamos caminhar um pouco? Quero ver os primatas.

— Tem muriquis aqui?

— Não. Mas eu vi na entrada que além dos chimpanzés e orangotangos tem macaco-aranha, macaco-prego, uns primatas menores. De repente um deles me dá uma luz.

— Ok.

— Então, continuando: a menina já está pesquisando na reserva há uns seis meses, e já é capaz de reconhecer quase todos os muriquis. Cada muriqui pode ser identificado por algum traço físico: o tamanho do corpo, a cor da pelagem, alguma cicatriz... No começo, eles eram ariscos, mas depois de seis meses se acostumaram com a presença dela.

Um dia, ela vai observar um grupo de muriquis, é parte da rotina de pesquisa. Ela observa e anota o que eles fazem de 15 em 15 minutos. É um trabalho cansativo, ela tem que seguir os macacos pela mata adentro e eles às vezes se movimentam muito rápido, balançando de galho em galho, e ela tem que sair correndo atrás deles, muitas vezes abrindo caminho na mata com um facão.

Bom, então nesse dia os muriquis passearam à beça e pararam pra descansar, e ela parou também. Daí a pouco, aparece um muriqui macho, sozinho. Como a menina não o reconhece, deduz que ele deve pertencer a um grupo mais distante, que fica fora da reserva, e que de vez em quando aparece por lá. Quando o muriqui percebe a presença dela, começa a guinchar, soltando gritos de alarme. Fica claro que o macaco acha que ela é uma ameaça. Ele começa a quebrar alguns galhos e a jogar os pedaços em cima dela, sem parar de gritar. Ela sabe que os muriquis costumam gritar uns pros outros quando precisam de ajuda.

Logo aparecem quatro fêmeas muriquis, que ela reconhece. Então ela fica paralisada, pois imagina que as fêmeas, mesmo sendo de outro grupo, vão atender ao chamado de ajuda do macho e começar a fazer barulhos agressivos também, ou quem sabe vão ficar ariscas, não vão mais ficar à vontade com ela. Ou seja, depois de meses conquistando a confiança dos macacos, volta tudo à estaca zero. Só que, pra surpresa dela, não é isso o que acontece.

— Hmm. E aí? Deixa de pausa dramática.

— As macacas se juntam, olham pro macho, olham pra ela, olham pro macho de novo... Aí avançam pra cima dele, gritando! O macho, perplexo, fica estático. Ele também não esperava essa reação. Finalmente, ele foge pelos galhos, enquanto elas vão atrás dele, guinchando. Alguns minutos depois, as fêmeas voltam pra árvore onde está a menina. As fêmeas dão uns risinhos enquanto se abraçam umas às outras, todas penduradas de cabeça pra baixo, o rabo enrolado nos galhos, como elas costumam ficar de vez em quando. Aí, ainda de cabeça pra baixo, elas estendem os braços abertos pra menina, como se estivessem pedindo um abraço.

— Hmm! Isso é bom. E ela dá?

— Ela hesita, pois tem instruções claras do orientador pra não fazer contato físico com os macacos. Mas a cena toda mexe tanto com ela que ela não resiste e acaba entrando num grande abraço grupal. As macacas abraçam ela, dão uns risinhos e vão embora. Ela fica parada, saboreando por alguns instantes aquele momento mágico, sabendo que sua relação com os muriquis nunca mais vai ser a mesma.

— Aí ela sai dali pisando em nuvens e vai direto contar tudo pro namorado.

— É, mais ou menos isso...

— E a reação do cara é um banho de água fria, já que ele é todo certinho. Aí ela fica puta, chama ele de insensível e diz que não quer mais ver a cara dele.

— Porra, é previsível assim?

— Um pouco. Mas continua.

— Hmm. Bom, ela vai conversar com o alemão e avisa que está largando tudo, a pesquisa, o mestrado, tudo, e que vai embora da reserva no dia seguinte. O alemão pede pra ela explicar o que está acontecendo. Ela conta o caso com os macacos. Ele dá uma bronca, diz que ela foi leviana, que além de ter prejudicado a pesquisa os macacos podem transmitir doenças. Aí ela começa a chorar de raiva, diz que não é mais criança pra tomar bronca daquele jeito, que não se arrepende de nada e que pensando bem não vai embora no dia seguinte, vai naquela noite mesmo, e se levanta pra pegar suas coisas. O alemão diz pra ela sentar e se acalmar. Diz que seria uma pena jogar fora tudo o que ela já investiu na pesquisa, que custa muito tempo e dinheiro treinar um pesquisador, que ele está muito satisfeito com os resultados dela, que ela é muito inteligente e que ele não vai deixar que uma pesquisadora tão importante para o projeto simplesmente vá embora desse jeito.

— Aí ela amolece, eles se abraçam e terminam se beijando...

— Não! Pelo menos, ainda não. É a partir daí que eu já não tenho certeza como continua. Na versão que estou trabalhando agora, ela diz que vai pensar, se levanta e vai dormir. No dia seguinte, ela se comporta como se nada tivesse acontecido. A única diferença é que ela não quer mais nada com o namorado. O cara pede desculpas, todo carinhoso, mas ela diz que não quer conversa e pede pra ser deixada em paz. Quando o namorado percebe que ela realmente não vai voltar pra ele, começa a ficar agressivo, dando sinais de instabilidade emocional... Mas sei lá... Não estou muito convencido...

— Olha, chegamos no macaco-prego.

— "Nome científico: *Sapajus libidinosus*".

— Ele não parece tão libidinoso com esses olhinhos esbugalhados e assustados.

— As aparências enganam. Eu também não te achei libidinosa quando te vi pela primeira vez.

— Olha... É pra ser engraçado esse comentário? Porque eu não estou achando nada engraçado.

— Ai, que mau humor! Um pouco de leveza, vai. Pra gente conviver civilizadamente tenho que fingir que nunca rolou nada entre a gente?

— Tá vendo? É por isso que eu te disse que não era uma boa ideia a gente se encontrar. Basta uma frase infeliz que

a gente já começa a discutir, tá vendo? Não quero discutir com você, nunca mais. A minha vida mudou, a sua também, você não tem mais que me ouvir reclamando no seu ouvido o tempo inteiro, e eu não preciso mais aturar as suas grosserias e as suas piadinhas escrotas. Então o quê que a gente tá fazendo aqui mesmo, hein? Acho que é melhor eu ir pra casa.
— Tá bom, desculpe... Você tem toda a razão. Desculpe.
— Porra!
— Desculpe, desculpe! Não vá embora. Por favor.
— Sem gracinha, tá bom? Chega de gracinha.
— Tá bom. Desculpe. Eu também sei que é melhor a gente não se encontrar. Eu sei que o Vicente não gosta. Mas é que...
— Como é que você sabe que ele não gosta?
— Bom... Sei lá, eu imagino que...
— Imagina errado! Você tá viajando, você mal conhece ele e já tá achando que ele tá com ciúmes de você!
— Eu estaria se estivesse no lugar dele.
— Mas ele não é você! Vocês são bem diferentes. E é por isso que eu estou com ele e não com você.
— ...
— Desculpe... Não quis te machucar.
— Tudo bem. Eu é que peço desculpas, não devia ter te ligado mesmo. Você tem toda a razão. Só que, sei lá, eu não vejo mais ninguém que possa me ajudar. Não aguento mais ficar sozinho em casa escrevendo. E só sai merda, não sai nada que preste.
— Não estou achando essa história ruim, não.
— Pois é, essa é a melhorzinha. Só que empaquei nesse pedaço da história e não consigo avançar. Estou há dois

meses reescrevendo, e nada. Li uma dúzia de livros sobre os muriquis, um monte de artigos na internet, e nada. Já investi tanto tempo nos malditos macacos que virou uma obsessão, e agora não sei como a porra da história termina.

— Olha, eu sei que é difícil... Mas é por isso que a gente escreve histórias, né? Pra saber como elas terminam. A graça é essa.

— Onde você leu isso? Isso é uma bobagem. Essa não é a razão pela qual eu escrevo histórias.

— Ah, não? E por que você escreve histórias então?

— Quer saber mesmo?

— Quero.

— Tá. Eu... Eu escrevo porque quero que as pessoas gostem de mim.

— Hahahahaha!

— Estou falando sério.

— Desculpe, desculpe. Você acha que as pessoas vão gostar de você por causa das histórias que você escreve?

— ...

— Olha, acho que, se você sente isso, é uma razão perfeitamente legítima pra escrever, tão legítima quanto qualquer outra. Mas sei lá, eu não enxergo essa relação, não.

— Não? Vai me dizer que você gostar dos livros do Vicente não influenciou em nada o fato de você gostar dele?

— Aaaah... *Agora* eu estou entendendo aonde você quer chegar.

— Não quero chegar a lugar nenhum.

— Olha, em bom português isso se chama recalque.

— Recalque!... Imagina se vou sentir recalque por causa de um velho careca, metido, egocêntrico, que não consegue nem trocar o pneu do carro sozinho.

— Essa reação infantil só confirma o que eu disse.
— Você forçou a barra. Recalque...
— Recalque sim, e recalque duplo, primeiro pelo Vicente ser o puta escritor que ele é, depois por eu viver com ele.
— Você esqueceu de dizer que também sou recalcado porque você já tem dois livros publicados e eu nenhum.
— Olha, já que você tocou no assunto, eu acho que é isso mesmo.
— Hmm. E o que mais você tem a dizer sobre a minha vida, doutora?
— Sobre sua vida, nada, mas sobre seu texto, está convencional à beça.
— Como assim, convencional?
— Ah, pra começar, a protagonista é uma mulher entre dois homens. Coisa mais batida. Mais clichê do que isso, só se rolar a clássica transferência estudante-insegura-que-se-apaixona-pelo-professor-maduro. Aí vai virar um dramalhão chulé. Por que você não inverte os sexos pra ver no que dá?
— ...
— Além do mais, está realista demais esse negócio. Abre a cabeça, pô! Você fica mergulhado nos não sei quantos mil artigos que você pesquisou pra escrever o texto e deixa a imaginação de lado, sem imaginação você não vai a lugar nenhum. Sabe como eu continuaria a história?
— ...
— A moça continua pesquisando na reserva. Ela logo descobre que os muriquis agora se comportam diferente com ela. Quando ela está com outros pesquisadores, os macacos agem como macacos; quando ela está sozinha no meio da mata, os macacos lançam olhares enigmáticos pra ela e começam a fazer coisas que nenhum outro pesquisa-

dor tinha visto até então; por exemplo: dançar, usar ferramentas... Ela fica perplexa, não sabe o que fazer, mas continua a registrar tudo o que acontece.

Aí um dia ela está sozinha com os macacos na mata e eles começam a conversar com ela por telepatia. Eles contam a ela que uma inteligência extraterrestre superior escolheu os muriquis como instrumento pra acelerar o processo evolutivo da humanidade, que andava meio emperrado; que os muriquis são os arautos de uma nova era de harmonia entre os seres humanos e também nas relações entre os humanos e os outros seres vivos; e que ela tinha sido escolhida como vetor de comunicação entre os muriquis e os humanos.

Ela volta ao alojamento dos pesquisadores, tremendo de nervosismo, mas também de alegria e intensidade. Todos os pesquisadores estão na mata, só quem ficou no alojamento foi o alemão. Ele percebe que ela está diferente, pergunta se está tudo bem. Eles sentam pra conversar, e ela conta tudo. Ele começa a tremer e a chorar. Ela pergunta o que está acontecendo. Então ele conta que anos atrás havia tido uma experiência parecida com os muriquis, que os macacos tinham falado com ele por telepatia, que ele achou que estava enlouquecendo e por isso começou a fazer tratamento psiquiátrico. Até que os médicos disseram que não havia nada errado com ele, e ele parou de ouvir vozes de macacos dentro da cabeça. Ele diz que nunca mais ouviu nem sentiu nada diferente, mas que a experiência mexeu muito com ele, e ele nunca mais conseguiu ir embora do Brasil nem abandonar os muriquis. Aí a gente fica sabendo que esse era o motivo pelo qual ele não tinha aceitado o convite pra ir trabalhar na Indonésia. Os dois se abraçam, emocionados.

Aí, nesse momento, chega o ex-namorado da menina, ainda carregando o facão que todos os pesquisadores carregam quando vão pra mata, ele vê os dois abraçados e, cego de ciúmes, mata os dois a golpes de facão. Fim. O que você acha?

— ...

— Você não queria que eu te ajudasse? Taí, terminei sua história. Olha, desculpe, mas agora realmente tenho que ir embora. Um beijo.

— Mas... Você mudou completamente a história! Era pra ser uma história sobre relações humanas, cheia de metáforas entre os humanos e os macacos. Você transformou numa ficção científica sem pé nem cabeça. Essa não é a minha história.

— Se você quer que seja a sua história, você tem que terminar ela sozinho. Tchau.

— Eu?

— É, você! Tchau.

(Ela vai embora. Sozinho, ele fica observando o macaco-prego que se masturba agarrado à grade da jaula.)

ZAKALY

O homem tem a cara marcada pela varíola. Fala em voz baixa e tem um sotaque esquisito. Mesmo assim, Zakaly entende o que ele quer dizer: eles vão nos comer. Espremido entre os adultos, Zakaly escuta o homem contar o que entreouviu: assim que todos descerem do barco, já estará tudo pronto. Estão preparando uma grande festa para o governador deles. E o prato principal somos nós.

Então é verdade, pensa Zakaly. As histórias correm de boca em boca, com detalhes diferentes, mas os personagens são sempre os mesmos: seres sinistros, de longos cabelos e caras vermelhas, que se deleitam em comer carne humana. Alguns dizem que eles assam a gente na brasa, outros afirmam que eles nos cozinham em um caldeirão. Muitos dizem que eles têm predileção por crianças, por terem a carne mais tenra. Zakaly se apalpa, imaginando que gosto terão seus braços, sua barriga, suas pernas.

Os adultos, nervosos, perguntam ao homem: mas você tem certeza? O homem balança a cabeça, gravemente. É escravo dos brancos há quase dois anos, entende a língua deles. Viu duas vezes os brancos comendo gente em grandes banquetes, e nem que vivesse dez mil anos se esqueceria disso. Não sabe por que os brancos o pouparam até agora, mas sabe que não vai durar muito e não quer morrer devorado.

Diz que há poucos brancos no barco e que, se atacarmos de surpresa e tivermos sorte, conseguiremos matar todos.

Matar todos? E depois, fazemos o quê?, pergunta um dos adultos. Quem vai dirigir o barco nesse rio imenso, onde não se vê as margens? O homem responde que conhece os rudimentos da arte de pilotar o barco dos brancos e que acha que, com a ajuda dos demais, consegue levá-lo até terra firme. O pior caminho, diz ele, é não fazer nada, isso sim é morte certa.

Zakaly trinca os dentes e sente o coração bater mais rápido. Pensa em todas as vezes em que viu o pai e os tios voltando das caçadas, imaginando com medo e desejo o dia em que também teria que mostrar sua bravura. Mas antes que esse dia pudesse chegar, antes mesmo de ter sido levado com outros meninos de sua idade para a cerimônia com os espíritos da floresta, foi capturado e teve que caminhar trezentos quilômetros até chegar, mais morto do que vivo, a um curral cercado de paliçadas às margens do rio Cuácua, perto da vila de Quelimane, na África Oriental Portuguesa. Vinte e cinco quilômetros rio abaixo, ancorado na foz do rio, o bergantim *Justiça*, de bandeira brasileira, esperava pacientemente Zakaly e 527 outros homens, mulheres e crianças.

A morte não tem dono, dizem os mais velhos, ela é de todos, e nas semanas seguintes morreriam 78 pessoas, esmagadas e asfixiadas nos porões lotados do barco, doentes por causa da comida ou pela falta dela, ou afogadas depois de terem se jogado nas águas do Oceano Índico. Zakaly olha os que sobraram, amontoados e enfraquecidos, e não consegue imaginar esse exército de espectros comandando o barco. Mas os mais velhos também dizem que a cobra trepa nas árvores mesmo sem ter pés...

Será que eles vão me matar antes de comer, ou vão me jogar vivo no caldeirão, que nem os caranguejos que minha mãe joga na água fervente? Será que antes de me cozinhar vão me sangrar como um porco, para depois tingirem as roupas de vermelho com meu sangue, como me garantiu aquele velho em Quelimane? Zakaly não sabe com certeza. Nenhum dos adultos sabe com certeza. Os dias passam, e os rumores e especulações vão crescendo e ocupando espaço, a ponto de os porões do barco, já apertados, parecerem ainda menores.

Já estamos bem perto da costa, estão vendo as plantas boiando? Vamos avistar terra amanhã ou depois de amanhã, diz o homem com as marcas de varíola. Temos que atacar quando eles subirem os homens para o banho no convés, talvez não haja outra chance. Os adultos se entreolham, alguns ainda relutantes em aceitar a liderança inevitável do bexiguento, outros decididos, muitos confusos, todos cansados e com medo. Zakaly pensa que nem o encontro com os espíritos da floresta pode ser pior do que o que está vivendo agora, mergulhado no pânico e na iminência da morte, sem falar na água podre e nas erupções esbranquiçadas que cobrem seus braços e pernas e coçam muito.

No dia seguinte, a rebelião estoura no convés quando o homem com as marcas de varíola apanha um pedaço de lenha e golpeia com ele a cabeça de um dos tripulantes, fazendo espirrar sangue. Em segundos, a fúria se alastra. Alguém consegue abrir um dos alçapões, e um enxame de gente invade o convés. No combate que se segue, a superioridade numérica dos revoltosos acaba prevalecendo sobre as poucas armas de fogo. Logo outros tripulantes são mortos ou jogados vivos no mar.

Quando tudo acaba, Zakaly respira fundo, olha o convés manchado de sangue e pensa que deve ser assim uma caçada: o medo vencido pela necessidade, um animal grande e forte vencido por um animal bem menos imponente, mas que tem a iniciativa e a surpresa a seu favor.

Após a rebelião, o caos se instaura no barco. Morre mais gente brigando por comida do que lutando contra os brancos. A muito custo, o homem com as marcas de varíola consegue reunir alguns dos mais fortes e impor uma ordem precária. Dois dias depois, o barco encalha em um banco de areia em frente a uma praia.

Zakaly olha com terror o matagal por trás da praia e pensa que saiu de uma prisão para entrar em outra. Junta-se a alguns homens e rapazes e sai pelo mato adentro procurando comida. Quatro dias vagando faminto sem saber aonde chegar e Zakaly, esgotado, quase agradece aos deuses quando uma patrulha de soldados encontra seu grupo. Os soldados amarram todos uns nos outros com uma longa corda. Depois de dois dias de caminhada, chegam a um arraial e lá são lavados, alimentados e armazenados em uma senzala nos fundos de um velho sobrado.

Espiando pelas grades da senzala, Zakaly vê dois homens carregando barris cheios de excrementos. Escuta os dois conversando em uma língua muito parecida com a sua, então chama um deles. O homem se aproxima, curioso. Zakaly pergunta quando será comido. O homem ri às gargalhadas, repetindo a pergunta ao companheiro, até que um branco lhe chama a atenção e ele volta ao serviço.

No dia seguinte, o homem retorna e puxa conversa. Diz que Zakaly e os que foram capturados com ele ficarão algumas semanas no arraial e depois serão levados para Salvador. Você ainda é pequeno, ele diz, não tem nem sinal de barba, provavelmente será comprado para trabalhar como serviçal doméstico ou ajudante de comerciantes na cidade, o que é uma sorte, pois o trabalho nos engenhos e nas plantações é muito mais pesado. Se trabalhar duro e tiver sorte, talvez consiga até juntar dinheiro para comprar a própria liberdade. Zakaly enche o homem de perguntas. Está apenas começando a entender como será seu futuro.

Os dias passam e Zakaly se sente melhor e ganha peso. Passam óleo em sua pele, e as feridas começam a sarar. Começa a se acostumar com a ideia de ter que trabalhar o resto da vida para os brancos. Espiando a lua pelas grades da senzala, pensa que, por mais árduo que seja o trabalho, ainda será melhor do que ser cozido vivo em um caldeirão.

A cidade é uma surpresa para Zakaly, que nunca havia visto tantas casas juntas, nem casas tão altas como os imensos sobrados de quatro ou cinco andares. Mas o que mais chama sua atenção é a multidão que ocupa as ruas e vielas imundas da cidade. Para seu espanto, os brancos são minoria; para onde quer que olhe, há negros de todas as cores, idades e tamanhos.

No mercado da Cidade Baixa, um branco gordo, de barba densa e escura, aperta e apalpa Zakaly como se fosse um açougueiro avaliando um novilho. O homem se retira e volta minutos depois, fazendo gestos para que Zakaly o acompanhe.

O barbudo o leva até sua casa, uma imensa quinta fora da cidade. Há muitos escravos, mas nenhum deles fala a língua de Zakaly. Os escravos mostram a ele o barracão onde moram. A comida — pirão de farinha com pedaços de carne seca — é surpreendentemente boa e farta. Zakaly não come assim há meses. À noite, de barriga cheia, dorme encolhido em uma esteira no chão de terra batida do barracão.

No dia seguinte, Zakaly é posto para trabalhar na cozinha. Pela movimentação, entende que chegou em plena preparação para uma festa. Doze escravos se revezam cozinhando e arrumando o salão em cujo centro há uma mesa de madeira escura que acomoda com facilidade vinte pessoas.

Um escravo de cabelos brancos leva Zakaly até um armário cheio de baixelas de prata. Com gestos, o velho lhe mostra como limpar as baixelas, lavando-as com sabão de coco e polindo-as com um pano. Enquanto trabalha, Zakaly se assombra com a quantidade e variedade da comida que vê passar: dois porcos inteiros, oito galinhas, linguiças, chouriços, pastelões, tortas, feijão cozido com toucinho, farinha, frutas e verduras.

Exausto depois do primeiro dia de sua nova vida, Zakaly adormece em poucos minutos. Nessa noite, sonha que volta para casa e é recebido com imensa alegria por sua família, que já tinha perdido a esperança de vê-lo de novo.

Na manhã seguinte bem cedo, antes de acordar, Zakaly é abatido por outro escravo com duas pancadas secas na cabeça, e morre sem saber como será comido.

HISTÓRIA NATURAL

Numa segunda-feira chuvosa, no começo de abril, Thomas Manning me levou até os alces para que eu pudesse examiná-los bem de perto. Eu havia comentado que tinha uma atração especial pelos alces, e ele me perguntou se eu gostaria de tocá-los. Como tantas crianças que cresceram em Nova York, eu já havia andado centenas de vezes pelos corredores do Salão de Mamíferos da América do Norte, com minha turma da escola, meus pais ou alguma namorada. Mas era a primeira vez em que eu estaria tão perto dos amados seres inanimados.

O Salão estava fechado para manutenção. Os vidros dos mostruários haviam sido removidos. Estendi a mão e toquei o pelo marrom do imenso ruminante à minha frente. De perto, o alce era tão realista que não pude deixar de sentir um calafrio.

"Olhe dentro da boca dele", disse Manning.

Olhei. Algo parecia se mexer. Senti outro calafrio.

Manning deu uma gargalhada, surpreendentemente vigorosa para alguém com mais de noventa anos, e disse: "Vou te contar o segredo. Mas antes olhe de novo e veja se você descobre."

Olhei de novo. Movi a cabeça, e algo se mexeu.

"Lá no fundo da boca dele tem um espelho", disse Manning, antes que eu pudesse dizer qualquer coisa. "O espelho reflete a luz ambiente, realça os dentes enormes do alce e dá a sensação de que ele está vivo. É um truque simples, mas eficaz. Antigamente, a gente não tinha essa tecnologia toda, era tudo na base da criatividade. Hoje, as pessoas acham que os computadores resolvem tudo. Mas computador não tem magia nenhuma. Eu acho que a magia só existe quando o trabalho é manual, artesanal de verdade. E isso está acabando, infelizmente. Foi por isso que me chamaram."

Quatro anos atrás, o Museu de História Natural da Universidade de Michigan decidiu retirar de suas exposições permanentes 14 maquetes que representavam cenas da vida dos índios da região dos Grandes Lagos na época do contato com os brancos. Criados na década de 50 por Robert Butsch, antigo diretor do museu, as maquetes eram uma das atrações mais populares e fascinaram várias gerações de crianças e adultos. Um dia, uma índia anishinabe procurou a direção do museu, perturbada com os desenhos que seu filho de oito anos fizera depois de uma visita com sua turma da escola. Em uma folha de papel, o menino havia desenhado, a pedido da professora, suas impressões das maquetes: três sepulturas com esqueletos e lápides com os dizeres "R.I.P.". Isso é o que acontece quando povos indígenas são expostos em um museu de história natural ao lado de fósseis e animais empalhados, dizia a mãe do menino e as organizações indígenas que apoiavam sua causa. A mensagem era clara: os tempos estavam mudando, e os museus deveriam mudar também se não quisessem se tornar uma relíquia de um passado incômodo. Pouco mais de um ano depois, a direção do museu anunciou publicamente que as maquetes deixariam de ser exibidas.

O incidente no Museu de História Natural da Universidade de Michigan foi a deixa para que o professor Patrick Taylor, do Departamento de Antropologia da Universidade de Columbia, escrevesse um longo e virulento artigo no *New York Times* dizendo que já era hora de rever criticamente as exposições permanentes do maior e mais importante museu de história natural dos Estados Unidos, e quiçá do mundo: o Museu Americano de História Natural. É inadmissível que às vésperas do século XXI, dizia o professor Taylor, o museu continue expondo em seus mostruários de vidro representações caricatas de povos africanos, asiáticos e indígenas, construídas décadas atrás. O alvo do professor Taylor era os *dioramas* — modelos tridimensionais realistas, com figuras em escala natural e uma reconstrução detalhada da paisagem ambiente, incluindo réplicas de plantas e pedras e grandes painéis de fundo pintados à mão. Povos "exóticos" como os masai do Quênia e os pigmeus mbuti do Congo são exibidos da mesma maneira que os elefantes e rinocerontes empalhados. Que tipo de lição estamos dando a nossas crianças?, perguntava o professor Taylor. Por que seres humanos estão em um museu de história natural? Por que animais e seres humanos são expostos com as mesmas técnicas, como se a diferença entre natureza e cultura fosse só de grau, e não de substância? Por que há dioramas dos pigmeus mbuti, mas não dos franceses e alemães ou, por falar nisso, dos americanos? Por acaso a sociedade mbuti é menos complexa do que a sociedade francesa, alemã ou americana?

Dias depois, o *New York Times* convidou o conhecido antropólogo P. J. Wilson, ex-diretor do museu, para comentar o texto de Taylor. O homem é parte da natureza, argumentava Wilson em seu artigo, e nenhum sofisma será capaz de alterar esse fato. O professor Taylor se esquece de que a principal função do museu não é atender às veleidades politicamente corretas de intelectuais como ele, e sim satisfazer a curiosidade e a sede de conhecimento de milhões de visitantes vindos de todas as partes do mundo. É por esse parâmetro que os dioramas devem ser julgados. Além disso, dizia Wilson, é preciso lembrar que o museu é um artefato cultural como outro qualquer e, como todo artefato cultural, tem o direito de ser preservado. Os dioramas do Museu Americano de História Natural são obras de arte feitas com qualidade técnica insuperável e capturam uma determinada cultura em um momento no tempo e no espaço, do mesmo modo que uma fotografia ou um quadro de Degas. Querer jogar esse patrimônio artístico e cultural de valor incalculável no lixo em nome da correção política é um crime.

Em pouco tempo, a opinião pública polarizou-se em torno das duas posições e os membros do conselho diretor do museu foram obrigados a se manifestar, especialmente depois que um de seus principais patrocinadores, o Banco Goldwater, entrou em contato com a direção para indicar que apoiava as críticas feitas pelo professor Taylor. Formou-se um comitê integrado por antropólogos, intelectuais, ativistas e representantes do museu, para discutir se os dioramas deveriam ser modificados (ou até mesmo eliminados, como defendiam os mais radicais), ou se deveriam permanecer como estavam. Durante quatro meses, o comitê manteve reuniões abertas à participação do público. As reuniões logo chegaram a um impasse, sem que fosse possível alcançar uma solução de compromisso entre todos os envolvidos.

A saída veio de onde menos se esperava. O apresentador David Letterman, em seu programa de televisão, sugeriu que fosse levada a sério a pergunta retórica do professor Taylor: por que não criar novos dioramas representando franceses, alemães, americanos? O patrimônio nacional ficaria preservado e as sensibilidades culturais seriam apaziguadas.

A proposta de Letterman rapidamente virou tema de debates em toda a cidade, e um dos membros do comitê, o ativista indígena Joe "Coelho Louco" Williamson, acabou endossando-a formalmente. Depois de extensas consultas, o comitê decidiu que o museu ganharia uma nova ala, que viria somar-se às 25 já existentes: a Ala dos Povos Ocidentais. A decisão só foi possível graças à generosa oferta do Banco Goldwater, que se dispôs a financiar a maior parte dos gastos com a construção da nova ala e com a confecção de 12 novos dioramas. Na época, começaram a circular rumores de que o controle acionário do banco estaria nas mãos de testas-de-ferro a serviço do governo chinês.

Mesmo depois da decisão, a polêmica não acabou totalmente, pois o comitê não conseguia chegar a uma conclusão sobre o que exatamente queremos dizer quando falamos em "povos ocidentais", e discutia-se se a nova ala deveria incluir os russos e os turcos. No entanto, o tema pouco a pouco deixou de ocupar as páginas dos jornais, substituído por novos e mais suculentos escândalos.

Quando o assunto saiu da esfera pública e passou a ser discutido em nível técnico e administrativo, outro problema apareceu. Para garantir a igualdade de tratamento e evitar discriminações, ficou combinado que os novos dioramas seriam construídos com as mesmas concepções, técnicas e materiais usados nos dioramas criados mais de meio século atrás. Só que, da equipe original, não sobrara quase ninguém. Ou melhor, só havia sobrado uma pessoa: Thomas Manning, que se aposentara do museu anos antes e vivia com dois de seus netos em Hampton Beach, New Hampshire.

Mesmo encurvado pelos anos, Thomas Manning continua sendo um homem alto. Vendo como ele caminha de maneira firme e segura, é difícil acreditar que, quando ele nasceu, ainda faltavam alguns anos para a Primeira Guerra Mundial começar. Seus olhos marrons, minúsculos, piscam apressadamente, como se quisessem se livrar da moldura de rugas que os envolve. Os olhos de Manning disputam a atenção do interlocutor com seu maxilar protuberante, desproporcional, que lhe dá um ar vagamente animalesco. "Quem não é bonito, tem que ser inteligente. Eu não consegui ser nem uma coisa, nem outra", ele me disse, às gargalhadas, enquanto passeávamos pelos corredores do museu. "Mas pra compensar a falta de beleza e de inteligência, Deus me deu uma vida longa."

Nascido em 1905 em Queens, Nova York, Thomas Manning sempre gostou de trabalhar com as mãos. Desde criança, construía pequenas engenhocas com restos de sucata encontrados na rua e gostava de, nas suas próprias palavras, "desmontar passarinhos" para saber o que havia em seu interior. Abandonou a escola aos 14 anos de idade para pintar casas com seu irmão. Aos 16 anos, um vizinho que trabalhava como carpinteiro no Museu Americano de História Natural disse a ele que precisavam de artesãos no Departamento de Exposições. Manning apareceu no museu com dois albatrozes que ele mesmo havia caçado e empalhado. O trabalho, ainda que rudimentar, impressionou o bastante para que ele fosse contratado.

Em seu primeiro ano no museu, Manning foi aprendiz do célebre artesão George Petersen e aprendeu a confeccionar reproduções de plantas, árvores e pedras. Não recebia salário, apenas dinheiro para o transporte e alimentação. No ano seguinte, foi contratado para fazer as pinturas de fundo de alguns dioramas, recebendo 17 dólares por semana. Foi então que conheceu Carl Akeley.

Dentre os milhões de pessoas que visitam anualmente o Salão Akeley de Mamíferos Africanos, pouquíssimas devem ter ouvido falar do homem em cuja homenagem o salão foi batizado. Um dos nomes mais importantes da história do museu e da museologia, Akeley foi naturalista, explorador, fotógrafo e escultor, além de ser considerado por muitos o pai da taxidermia moderna. Antes de Akeley, empalhar um animal significava basicamente retirar a pele e os ossos, depois fazer uma armação de arame com os ossos, cobrir com a pele e rechear de palha ou serragem. O resultado era um boneco flácido e bizarro que lembrava mais um personagem de desenho animado do que o animal original. Akeley, usando seus dotes de escultor, seus conhecimentos de zoologia e sua criatividade sem limites, inventou técnicas que até hoje taxidermistas de todo o mundo tentam copiar. Ele reconstruía a forma original do animal com uma armação feita de madeira, arame e partes do esqueleto, montada em uma posição realista, como se o animal estivesse em pleno movimento. Por cima dessa estrutura, acrescentava aos poucos camadas de argila para recriar meticulosamente cada músculo, tendão e veia do animal. Quando o trabalho estava terminado, ele fazia um molde e obtinha uma cópia feita com uma mistura de gesso, cola e outros materiais. Sobre esta armação, a pele do animal — removida e tratada com procedimentos guardados a sete chaves — era cuidadosamente acomodada e costurada. O contraste entre os bonecos recheados de palha e os espécimes empalhados com as novas técnicas era brutal. Além disso, Akeley foi o primeiro a sugerir que, em vez de apresentar animais isolados, como se fazia até então, seria mais interessante reunir vários deles em um mesmo diorama que reproduzisse, da maneira mais realista possível, seu habitat natural. As ideias de Akeley geraram uma revolução nos campos da taxidermia e da museologia.

Quando Manning começou a trabalhar no museu, Akeley já era considerado o maior taxidermista do mundo e gozava de uma aura lendária, reforçada por algumas façanhas sobre-humanas, como a de reagir ao ataque de um leopardo esganando-o com as próprias mãos, ou sobreviver após ser pisoteado por um elefante enfurecido. "Homens como Carl Akeley não existem mais", me disse Manning. "O molde onde eles eram feitos se quebrou. Carl não tinha medo de ter ambição, de querer se superar em várias áreas. Hoje, só há especialistas; cada um fica no seu cantinho e não conversa com os outros. Além disso, cientistas e artistas hoje vivem em mundos diferentes. Naquela época, um bom naturalista tinha que saber desenhar. As câmeras eram rudimentares, não dava pra confiar nelas. Um bom desenhista tinha que estudar anatomia, geometria, perspectiva. Ninguém ia dar trabalho a um desenhista que não tivesse conhecimentos sólidos nessas áreas. Hoje, os computadores fazem quase todo o trabalho. Você pode me dizer que esse é um dos preços que pagamos pelo avanço da ciência, e talvez das artes também, mas eu continuo achando uma pena que não possa surgir hoje um homem como Akeley. Tudo que eu sou, tudo que aprendi, eu devo a ele."

Durante três anos, Manning foi o assistente mais próximo de Akeley e participou da confecção de alguns dos mais famosos dioramas do museu, como o dos gorilas do Congo. Quando Akeley morreu durante uma expedição à África, em 1926, possuía um conhecimento incalculável acumulado ao longo de mais de três décadas de trabalho. Seus segredos ficaram sob a guarda de Manning, que o próprio Akeley apontara como seu discípulo e sucessor. Desde então, Manning esteve envolvido na criação de quase todos os dioramas do museu.

A palavra *diorama* é um neologismo criado a partir da palavra grega *hórāma* — "algo que se vê", "espetáculo" — acrescida do prefixo *di-*, "através". Foi inventada em 1822 por Louis Daguerre, pioneiro da fotografia, para um dispositivo teatral que consistia em um painel translúcido com pinturas diferentes em cada um dos lados, de modo a apresentar cenários distintos conforme a iluminação fosse feita pela frente ou por trás. Com o tempo, o dispositivo caiu no esquecimento, mas a palavra ficou, e acabou sendo usada para outro tipo de simulação do real: uma espécie de maquete, em tamanho real ou reduzido, com figuras tridimensionais realistas colocadas em uma ambientação igualmente realista. Irmão mais nobre do museu de cera, o diorama logo deu mostras de sua vocação educativa quando, no final do século XIX, se popularizou entre os museus da Europa e dos Estados Unidos.

Os dioramas do Museu Americano de História Natural, mais do que quaisquer outros, conquistaram a imaginação do público, não só nos Estados Unidos, mas em todo o mundo. Em uma das cenas mais memoráveis de *O apanhador no campo de centeio*, Holden Caufield recorda com saudade suas visitas ao museu, percebendo o contraste entre a inconstância da vida real e a sensação de calma e estabilidade transmitida pelos dioramas, onde as coisas eram sempre as mesmas, sempre perfeitas em sua imobilidade: *"A gente podia ir lá cem mil vezes, e aquele esquimó ia estar sempre acabando de pescar os dois peixes, os pássaros iam estar ainda a caminho do sul, os veados matando a sede no laguinho, com suas galhadas e suas pernas finas tão bonitinhas, e a índia de peito de fora ainda ia estar tecendo o mesmo cobertor. Ninguém seria diferente. A única coisa diferente seríamos **nós**."*

Contudo, nem todos os visitantes tiveram impressões tão simpáticas. Simone de Beauvoir, em seu diário de viagem *L'Amérique au jour le jour* — publicado pouco antes de *O apanhador no campo de centeio* —, nota seu desconforto com a justaposição de realidade e representação nos dioramas do museu. Ver manequins de índios em mostruários de vidro logo depois de ver dúzias de animais empalhados dava a impressão de que os índios também tinham sido empalhados, dizia ela. Não era uma sensação agradável.

Perguntei a Manning sua opinião sobre as críticas do professor Taylor. Ele pensou um pouco antes de responder: "Conhece aquele ditado: quem sabe faz, quem não sabe ensina? Com todo respeito ao professor Taylor, ele é basicamente um teórico. Como dizia um alemão que sabia das coisas, cinza é toda a teoria, e verde é a árvore da vida. Quem vive na realidade, em vez de ficar só analisando e criticando o que os outros fazem, tem que tomar decisões. E todas as decisões têm custos. A arte tem custos, a ciência tem custos. Custos financeiros e também custos humanos, sociais. Lamento se algumas pessoas se sentirem ofendidas, mas na minha opinião é um preço pequeno a pagar pelos benefícios educativos dos dioramas."

No fundo do Salão Akeley de Mamíferos Africanos, há um corredor à esquerda que leva ao Salão dos Povos Africanos. Apenas alguns metros separam os rinocerontes e girafas dos masai e dos pigmeus mbuti. Perguntei a Manning se poderia examinar de perto o diorama dos mbuti. Ele disse que não havia problema e pediu a um funcionário que removesse o vidro.

Entramos na floresta de Ituri, no noroeste do Congo. Lá dentro, meia dúzia de seres diminutos e seminus entregam-se à sua imobilidade perpétua. Em primeiro plano, um homem coloca algo dentro da cesta de palha pendurada nas costas de uma mulher, que por sua vez carrega em seus braços uma criança. À esquerda, agachado, outro homem prepara uma fogueira. Ao fundo, um rapaz estica a corda de um arco e flecha apontado para cima, olhando fixamente para um pássaro ou algum outro animal que não podemos ver.

Os manequins pareciam tão vívidos quanto os alces. A pele, lustrosa e ligeiramente rugosa, era feita de um material que não consegui identificar. Perguntei a Manning se era feita de algum tipo de borracha ou outro polímero natural. Ele balançou a cabeça, com uma expressão divertida que parecia dizer: "O segredo é a alma do negócio!"

Praticamente todos os contemporâneos de Manning estão mortos. As novas gerações reconhecem e admiram seu trabalho, mas não encontrei nenhum amigo ou conhecido com intimidade suficiente para conversar sobre Manning. Pesquisando antigos documentos e anuários na biblioteca do museu, encontrei poucas referências a ele, quase todas laudatórias. Uma das exceções foi um artigo de jornal sobre o retorno da expedição em que Manning coletou material para o diorama dos mbuti. O texto, não assinado, mencionava rumores de violência e maus-tratos contra os nativos.

Perguntei a Manning se ele se lembrava do caso. "Vagamente", respondeu. "Você precisa entender que tinha muita gente com inveja de mim, porque eu era o queridinho do Akeley e ninguém dominava a arte do diorama como eu. Eu era um funcionário exemplar, sempre fui. Não faltava ao trabalho, era disciplinado. Como meus inimigos não conseguiam encontrar nada contra mim, nenhuma falha no meu comportamento, ficavam inventando esses boatos. Mas eu não guardo ressentimentos. Nunca guardei ressentimentos de ninguém." Nem de Patrick Taylor?, perguntei. "Não. Nem mesmo do professor Taylor."

Quando esta revista me chamou para entrevistar Patrick Taylor, pouco depois da publicação de seu artigo que deu origem à controvérsia toda, confesso que esperava encontrar um homem de óculos, magro, nos primeiros estágios de calvície, vestido com um *cardigan* e viciado em café — enfim, mais um típico exemplar da tribo dos intelectuais nova-iorquinos. Em vez disso, encontrei alguém que se parecia mais com um vendedor de carros esporte: alto, cabelo louro e farto, um pouco acima do peso, mas com os braços musculosos de quem já malhou muito no passado. O rosto bronzeado, explicou Taylor, não era resultado de um verão nas praias de Massachusetts, como eu havia imaginado, e sim de dois meses de trabalho de campo na Nigéria. Em vez de café, Taylor me ofereceu uma cerveja. Minutos depois, sua mulher, Linda, trouxe-nos hambúrgueres feitos em casa. Enquanto comíamos, os dois filhos do casal — uma menina de nove anos e um menino de seis — assistiam televisão. Uma típica família americana, se é que alguma vez existiu uma.

"A história do Museu Americano de História Natural é uma metáfora da expansão do capitalismo, da ciência moderna e da relação entre os dois", disse Taylor, cortando a conversa mole que eu esperava que antecedesse a entrevista de verdade. Suas palavras soavam ensaiadas, mas ele falava com a convicção de um pastor evangélico. "Você sabe quem foram os fundadores e os patrocinadores do museu nas suas primeiras décadas de vida? Leia os nomes inscritos na pedra em baixo-relevo. É a elite política e econômica de uma potência em ascensão. Theodore Roosevelt, J. P. Morgan, William H. Vanderbilt, John D. Rockefeller. Esses homens — todos brancos — eram os pontas-de-lança do capitalismo mundial. Ou seja, eles eram os principais responsáveis pelo fato de que o habitat de milhares de espécies estivesse sendo destruído, esmagado pelo progresso da civilização. Junto com a destruição ambiental, vinha a destruição cultural. Centenas de culturas tradicionais forçadas a desaparecer ou a sofrer mudanças radicais se quisessem sobreviver. O museu nasce da vontade de preservar para a ciência o que estava sendo destruído. Então, há uma grande hipocrisia por trás disso tudo, e o museu já nasce com um pecado de origem seríssimo. As exposições eram uma forma canhestra de tentar compensar toda essa destruição e ao mesmo tempo davam uma aura de nobreza às expedições de caça que os patrocinadores do museu faziam na África e em outros lugares. Matança indiscriminada em nome da ciência."

Perguntei a Taylor se a excelência artística dos dioramas não era uma atenuante. Ele balançou a cabeça com um sorriso condescendente e disse: "Mesmo a excelência artística tem ideologia. Preste atenção em todos os dioramas, e você verá que não há imperfeições. Não há espécimes velhos, doentes, defeituosos. Durante as expedições de caça do museu, vigorava uma espécie de seleção natural ao contrário: só os imperfeitos sobreviviam. Se um elefante tinha uma presa maior do que a outra, não corria risco de vida. Mas se fosse um exemplar perfeito, sem falhas, na flor da idade, era abatido na hora. E mais: preste atenção e você verá que a família nuclear ocidental, papai-mamãe-e--filhinhos, é a referência central, ainda que a realidade não estivesse de acordo. Então, mesmo que o nível artístico dos dioramas seja insuperável, acho que isso não é argumento para que eles continuem em exibição."

Alguns meses depois de minha conversa com Taylor, foi anunciada a decisão sobre a construção da nova ala do museu. Quis saber o que Taylor achava da decisão, mas só consegui marcar uma conversa para semanas depois. Na véspera de nosso encontro, telefonei para confirmar, mas ele não me atendeu. Também não atendeu nenhuma das mensagens que deixei no celular. Pouco depois, os jornais noticiaram que Patrick Taylor e sua família haviam se afogado durante o naufrágio do veleiro em que passeavam na ilha de Martha's Vineyard. Seus corpos nunca foram encontrados.

No começo de setembro, reencontrei Thomas Manning na conferência de imprensa que o museu organizou antes da inauguração oficial da nova Ala dos Povos Ocidentais. Das dezenas de colegas convidados, nenhum deles parecia reconhecer a homenagem irônica criada por Manning no diorama de abertura. A cena que recebe os visitantes, na entrada do salão, é um mostruário de vidro no qual um homem louro, alto, com uma pança incipiente, está sentado em um sofá em frente à televisão, assistindo a um jogo de beisebol, com uma lata de cerveja em sua mão esquerda. Seu rosto esboça um sorriso, como se seu time tivesse acabado de marcar um ponto. À sua esquerda, uma mulher aparece na porta que liga a sala à cozinha, carregando uma travessa com hambúrgueres. À direita, duas crianças, um menino e uma menina, sorriem congelados com um jogo eletrônico nas mãos. Pela janela da sala, vê-se o panorama de Nova York, visto da altura do décimo andar, e pintado com o mesmo estilo neutro e os mesmos efeitos óticos que os outros dioramas. O efeito é paródico e inquietante, lembrando uma escultura hiper-realista de Ron Mueck ou Patricia Piccinini.

Perguntei a Manning por que, dentre tantas famílias americanas, ele tinha escolhido justamente a família de Patrick Taylor para representar os americanos "médios". "Por que não?", ele me respondeu. "Você sabe que todos os dioramas culturais representam pessoas de verdade. A reprodução é fidelíssima, nos mínimos detalhes. Só que durante muito tempo as pessoas achavam que não era importante registrar os nomes dos seres humanos representados nos dioramas. Eram nativos anônimos, que não falavam inglês e jamais viriam a Nova York. Por isso, também não há registro algum no novo diorama de que o professor Taylor e sua família foram a..." Ele hesitou um segundo e, fazendo aspas imaginárias com os dedos indicador e médio de ambas as mãos, concluiu: "... *inspiração* para esse diorama. Por outro lado, usar o professor Taylor e sua família tinha muitas vantagens. Não haveria o constrangimento da família verdadeira se deparar com a sua reprodução no diorama. Além disso, foi uma oportunidade de mostrar que eu — e, por extensão, os membros do conselho diretor do museu — não guardávamos ressentimentos contra o professor Taylor. Por fim, do ponto de vista tipológico o professor Taylor e sua família eram espécimes excelentes. Melhores do que a média, eu diria."

"A semelhança é impressionante", eu disse. "Qual é o segredo? O senhor colocou espelhos na boca dele também?" Manning soltou uma gargalhada, me deu um tapinha nas costas e se afastou, caminhando lentamente.

KUEK

I

Ele já foi assim: pequena estatura, mas forte compleição; ombros, costas e peito bem acolchoados; pernas e braços muito magros. A cor era uma mistura de marrom e cinzento, podendo ser amarelo-cinzento. Sua testa era alongada para o alto da cabeça; suas sobrancelhas tinham pouco cabelo; seus olhos eram negros; o nariz era curto, achatado e grosso; as maçãs do rosto, bem altas; boca grande, lábios grossos, barba e bigode praticamente inexistentes, enquanto os cabelos da cabeça eram espessos, escuros como um corvo e ásperos como os de um cavalo.

Agora, é assim: apenas um crânio, limpo e lustroso, com alguns números escritos à mão. Os números marcam seu registro no inventário do museu do Instituto de Anatomia da Universidade de Bonn. Foi graças a esse registro, feito com capricho em meados do século XIX pelo professor Hermann Schaaffhausen, que o crânio pôde ser rapidamente encontrado e identificado.

Apenas um crânio, indistinguível a olho nu de centenas de outros que jazem na coleção osteológica do museu. Apenas um crânio, de alguém que morreu há mais de 150 anos e não foi rei, nem general, nem artista, nem criminoso.

2

O europeu, transplantado pela primeira vez para esse país equatorial, sente-se arrebatado pelas belezas das produções naturais e sobretudo pela abundância e riqueza da vegetação. O homem constantemente em atividade esquece os males a que está sujeito, e o aspecto das florestas majestosas ocupa o seu espírito com cenas sempre novas e variadas.

3

O professor Hans Schiller acorda sobressaltado. Criado em uma família agnóstica, acredita em Deus sem muita convicção e não tem inclinações místicas. Mas aquele não é um sonho comum, e ele sabe disso. Não é apenas um sonho vívido, é um sonho vívido *demais*, como se a realidade ordinária tivesse ganhado algumas dimensões adicionais.

No sonho, o professor Schiller está em seu gabinete no Instituto de Anatomia e contempla as órbitas vazias do crânio à sua frente. Uma voz fala em um alemão estranho, carregado nos fonemas guturais e com algumas palavras antiquadas, mas perfeitamente compreensível: "Por favor, não quero ir a lugar nenhum. Meu lugar é aqui." "Por quê?", pergunta o professor. "Você não sabe o quanto isso é importante para o seu povo. Eles estão preparando uma grande festa para você." "Eles não são o meu povo. Meu povo morreu há muito tempo", responde a voz. "Mande qualquer outro crânio. Ninguém vai perceber a diferença." O professor insiste: "Sua vida aqui na Alemanha não foi muito feliz. Por que essa teimosia em ficar aqui?" O gabinete fica em silêncio alguns instantes, até que a voz novamente se faz ouvir: "Não tenho boas lembranças da terra em que nasci. E os poucos momentos de felicidade que vivi aconteceram aqui. Meu lugar é aqui."

4

Não se pode efetivamente esperar encontrar na natureza bruta desses homens os sentimentos de delicadeza e de afeto que a cultura e a educação desenvolveram em nós; mas nem por isso devemos pensar que neles sejam completamente embotados todos os atributos que distinguem o homem dos irracionais.

5

É um dia de trabalho como qualquer outro, e o professor Schiller segue sua rotina diária: toma café, veste-se e pega o trem suburbano que o leva até a Estação Central de Bonn. De lá, caminha oitocentos metros até chegar ao Instituto de Anatomia.

Ao dobrar à esquerda na Kreuzbergweg para entrar na Nussallee, um aluno acena para o professor. Mas o professor está tão perturbado pelo sonho que teve à noite que não percebe o aceno.

O professor entra em seu gabinete. Coloca luvas de látex, retira com cuidado o crânio da caixa de plástico onde está guardado e coloca-o em cima da mesa de metal.

O professor observa o crânio em silêncio por alguns instantes. Depois o examina sem pressa, procurando em vão algum detalhe que tenha passado despercebido nos exames anteriores. Não encontra nada que já não soubesse: alguns dentes estão faltando, mas fora isso não há qualquer marca ou sinal digno de nota. Nenhum sinal de fratura. Nenhuma evidência de que o dono desse crânio tenha de fato saltado da torre do castelo de Neuwied numa noite de inverno, como diz a lenda. O registro de óbito guardado nos arquivos da igreja de Neuwied é claro: ele morreu em 1º de junho de 1834. No final da primavera, portanto. A causa: inflamação do fígado.

6

Voltei-me imediatamente e eis que bem atrás de mim estavam diversos botocudos! Nus e pardos, como os animais da mata, mostravam-se com os grandes botoques de pau branco enfiados nas orelhas e no lábio inferior, arcos e flechas nas mãos. Confesso que o meu espanto não foi pequeno; fossem eles hostis, seria trespassado pelas flechas antes que os pudesse pressentir.

7

Botokude, S. m. — 1. Membro de uma tribo indígena brasileira. 2. Pessoa sem instrução, com péssimas maneiras. Assim dizia o dicionário que o professor Schiller consultou quando tomou conhecimento do crânio, seis meses antes, ao receber uma mensagem do Cônsul-Geral da Alemanha no Rio de Janeiro.

O professor Hans Schiller é um humanista. Está sinceramente feliz por poder atender ao pedido da Prefeitura de Jequitinhonha, uma pequena cidade de pouco mais de vinte mil habitantes localizada no norte de Minas Gerais, uma das regiões mais pobres do Brasil. A cidade completa duzentos anos de existência em 2011 e, como parte das comemorações do bicentenário, pediu gentilmente que a Alemanha traga de volta para o Brasil os restos mortais de Kuek.

Kuek era apenas um adolescente quando o Príncipe Maximiliano de Wied-Neuwied o conheceu em 1816, durante sua viagem ao Brasil. Nessa época, as florestas do norte de Minas Gerais, sul da Bahia e Espírito Santo eram habitadas pelos índios botocudos, que resistiam com violência às tentativas dos brancos de ocupar a região.

Os botocudos eram o inimigo perfeito: pagãos, belicosos, com fama de antropófagos e grandes pedaços de madeira pendendo das orelhas e dos lábios perfurados, eram os mais selvagens entre os selvagens. Foram dizimados em sucessivas guerras de extermínio. Os que não eram chacinados fugiam ou eram escravizados, como aconteceu com Kuek. Jequitinhonha é uma das diversas povoações que os portugueses fundaram na área antes ocupada pelos botocudos.

Os remanescentes dos botocudos, não mais de quatrocentas pessoas, vivem hoje no norte de Minas Gerais e já não são chamados de botocudos. São o povo indígena krenak. Os últimos parentes de Kuek.

Benehmt euch nicht wie die Botokuden! Não se comporte como os botocudos! É o que dizem até hoje as mães de Neuwied para os filhos malcriados.

8

A Natureza dotou esses índios de boa compleição, sendo eles melhor conformados e mais belos do que os das demais tribos. Apresentam, em geral, estatura mediana, não obstante apresentarem alguns porte mais avantajado. São fortes, em regra largos de peito e espadaúdos, mas sempre bem proporcionados; mãos e pés delicados. Como nas outras tribos, têm traços fisionômicos muito salientes, as maçãs do rosto grandes, o rosto às vezes achatado, mas, ainda assim, não de raro bastante regular; olhos, na sua maioria, pequenos, às vezes grandes, mas em geral pretos e vivos; lábios e nariz de ordinário grossos.

9

O Príncipe Maximiliano de Wied-Neuwied conseguiu seu primeiro troféu de caça aos seis anos de idade. O pato abatido a tiros na floresta perto do castelo de Neuwied deu início a uma imensa coleção que, no final da vida do príncipe, era formada por mais de 1600 pássaros, quatrocentos mamíferos, quatrocentos anfíbios e répteis, quinhentos peixes e incontáveis insetos.

O professor Schiller retira um livro da estante e folheia-o até encontrar o que buscava: uma reprodução colorida de um retrato do príncipe, uma pintura a óleo feita em 1828. O príncipe veste botas negras, calça branca, um casaco azul, um lenço amarelo usado como gravata e um chapéu pardo com duas penas vermelhas espetadas. Sua mão esquerda segura pelos pés uma arara vermelha, pendurada de cabeça para baixo. Com a mão direita, segura o cano de um rifle cuja culatra está apoiada no chão. É um homem maduro, e o bigode e as suíças ressaltam isso. Maximiliano tem a expressão pensativa e parece olhar para alguém que está à sua direita, fora do quadro. Atrás dele, descalço e de perfil, vestido com uma calça e um camisão brancos, segurando um arco e flecha e olhando para a direção oposta à que o príncipe está olhando, está Kuek.

Que ironia, pensa o professor Schiller. Um mundo em que um sábio apaixonado pela natureza pode ser ao mesmo tempo um grande caçador, sem que haja qualquer contradição nisso.

O príncipe dedicou toda sua vida à caça e à ciência. Nunca se casou nem teve filhos.

10

Os órgãos sexuais masculinos parecem ser sempre de tamanho moderado nos povos nativos da América do Sul; desse ponto de vista, dá-se com eles o contrário do que acontece com as tribos africanas da raça etiópica.

11

Em 1816, faltam ainda 72 anos para que a escravidão seja oficialmente abolida no Brasil. É um futuro remoto. O príncipe adquire Kuek de seu dono, um professor de latim. Não se sabe se o príncipe o comprou ou trocou-o por algo. Seja como for, Kuek agora integra a coleção de objetos reunida pelo príncipe durante sua viagem ao Brasil. São centenas de pássaros e mamíferos empalhados, peixes e anfíbios conservados em álcool, plantas dessecadas, insetos presos com alfinetes em placas de cortiça, artefatos indígenas, ossos de humanos e de animais, desenhos e anotações.

O professor Schiller imagina o que deve ter pensado Kuek ao ser apresentado ao novo senhor. Imagina que o príncipe, um sábio iluminista, provavelmente era um senhor mais amável que um velho e rabugento professor de latim. Será que Kuek se sentia grato ao novo senhor por tê-lo salvado da vida tenebrosa em que vivia? Ou será que apenas havia trocado uma servidão por outra?

Em 10 de maio de 1817, o príncipe embarca no porto de Salvador com destino à Europa. Deixa no Brasil um secretário, que se encarrega de organizar o transporte da volumosa coleção. Em 12 de fevereiro de 1818, a coleção é finalmente embarcada. Kuek vai no mesmo navio.

O professor Schiller imagina o que teria pensado Kuek no convés do navio, ao ver o litoral do Brasil se afastando para nunca mais voltar. Excitação? Amor à aventura? Medo? Solidão? Tudo isso junto?

No Velho Mundo, a curiosidade pela criatura exótica é imensa. Sábios, políticos e amigos do príncipe acorrem de toda a Europa para conhecer o índio, citado por um jornal da época como "a mais valiosa de todas as raridades trazidas pelo Príncipe Maximiliano de Wied-Neuwied da sua viagem ao Brasil".

Na corte de Neuwied, o jovem botocudo recebe o nome de Joachim Kuek, e um emprego: criado pessoal do príncipe.

12

Domina as suas faculdades intelectuais a sensibilidade mais grosseira, o que não impede que sejam às vezes capazes de julgamento sensato e até de certa agudeza de espírito. Os que são levados entre os brancos observam atentamente tudo quanto veem, procurando imitar o que lhes parece visível, por meio de gestos tão cômicos que a ninguém pode escapar o significado de suas pantomimas. Aprendem mesmo, facilmente, certas habilidades artísticas, como a dança e a música. Mas, como não são guiados por nenhum princípio moral, nem tampouco sujeitos a quaisquer freios sociais, deixam-se levar inteiramente pelos seus sentidos e pelos seus instintos, tais como a onça nas matas.

13

De volta à Europa, o príncipe se dedica a escrever um livro sobre sua viagem ao Brasil. Em 1820 é publicada a primeira edição de *Reise nach brasilien in den jahren 1815 bis 1817*. A extensa obra em dois volumes contém uma monografia sobre os botocudos e um vocabulário da língua botocuda, escritos com a ajuda de Kuek.

O professor Schiller contempla outra reprodução de um retrato a óleo. É um retrato de Kuek, só que vestido à europeia, com um casaco vermelho e um lenço amarelo no pescoço, muito parecido com o usado por Maximiliano no outro retrato. Nas orelhas, grandes orifícios, onde antes ficavam pendurados pedaços de madeira. Kuek olha o espectador de frente. No meio da testa, onde as sobrancelhas arqueadas se encontram formando uma grande letra M, a pele contraída forma duas rugas verticais, dando ao rosto uma expressão séria e inquisidora. Estamos em 1830.

14

É-lhes a moderação completamente estranha, motivo pelo qual, para eles, é tão perigosa a aguardente, ou qualquer bebida muito espirituosa.

15

Em maio de 1832, Maximiliano parte para nova viagem, dessa vez para a América do Norte. Um de seus objetivos era comparar os índios brasileiros com os índios norte-americanos. A viagem duraria dois anos.

Longe de seu protetor, Kuek entra em depressão e passa a beber ainda mais do que já bebia. Diz um jornal da época: "Ele se sentava ao lado da lareira, se esquentando, sozinho, quieto, cabisbaixo, sem ligar para as outras pessoas em torno, voltado para dentro de si mesmo. Quem o contemplasse nessa quietude, na noite tranquila, poderia tomá-lo por um filósofo imerso em profunda meditação."

Ao morrer, Kuek estava há 16 anos na Alemanha; mais da metade de sua vida. Um mês após sua morte, o príncipe retorna a Neuwied, onde viveu até morrer tranquilamente, aos 85 anos de idade. Foi enterrado no cemitério antigo da cidade, onde se encontra até hoje.

O professor Schiller relê o e-mail do Cônsul-Geral da Alemanha no Rio de Janeiro, recebido dois dias antes. Já está tudo pronto para a cerimônia de devolução. Está confirmada a presença do Embaixador da Alemanha no Brasil e do Prefeito da cidade. A banda da Polícia Militar irá se apresentar, uma das ruas da cidade será batizada com o nome de Kuek, e outra com o nome do Príncipe. Os krenak farão uma grande festa.

O professor Schiller fica em silêncio por alguns instantes. Em seguida, recoloca com cuidado o crânio de Kuek na caixa de plástico.

O AMANTE DA MULHER
MAIS FEIA DO MUNDO

Algumas histórias estão fadadas a não terminar nunca. Imaginemos, por exemplo, que o regresso de Julia Pastrana ao México, depois de 153 anos de ausência, não tenha sido o capítulo final, mas apenas uma das tantas reviravoltas dessa história.

Entra em cena um jovem artista mexicano chamado Aníbal Magallanes. Ele nunca havia ouvido falar de Julia Pastrana até março de 2013, quando lê em um jornal que a múmia da mulher mais feia do mundo — é assim que ela é chamada pelo jornal — havia sido finalmente repatriada.

Julia Pastrana, nascida em 1834 na serra de Ocoroni, no norte de Sinaloa, era portadora de hipertricose lanuginosa congênita e hiperplasia gengival severa, o que causava abundância de pelos em seu corpo e seu rosto e lhe dava feições simiescas. Cantora e bailarina, ela se apresentava em teatros e casas de espetáculos de toda a Europa e dos Estados Unidos. Após sua morte, em 1860, seu cadáver foi embalsamado e continuou a ser exibido publicamente por mais de cem anos, até terminar em um depósito na Universidade de Oslo. E lá teria ficado se Laura Anderson Barbata, artista mexicana radicada em Nova York, não tivesse descoberto seu paradeiro e iniciado um projeto artístico chamado *Julia Pastrana volta para casa*, que tinha como ponto culminante o retorno dos restos mortais ao México.

Aníbal termina de ler a matéria e percebe que encontrou o tema que buscava para se candidatar a uma bolsa do Programa Jovens Criadores do Fundo Nacional para a Cultura e as Artes. Nos dias que se seguem, ele escreve um projeto intitulado *Os sonhos da mulher mais feia do mundo*. Meu objetivo, diz o texto, é refletir sobre as relações entre o grotesco e o sublime, bem como sobre a polifonia do corpo e as teatralidades de sua performance, a partir de uma investigação sensorial da trajetória de vida de Julia Pastrana.

Não cabe aqui refletir sobre os motivos de Aníbal para se candidatar ao edital, nem sobre as razões que levam um projeto a ganhar e outros não, mas o fato é que *Os sonhos da mulher mais feia do mundo* é afinal selecionado, o que vem muito a calhar já que isso permite que a história siga seu caminho.

Logo fica claro para Aníbal que não é possível avançar no projeto sem algum entendimento afetivo da realidade vivida por Julia Pastrana, e de como essa realidade era sentida em seu corpo. Aníbal deixa crescer a barba, o que nunca havia feito na vida. Sua barba é muito rala, sobretudo nas laterais do rosto, mas com algum esforço ele consegue cultivar um cavanhaque e um bigode bem razoáveis.

Em seguida, ele reúne todo o material iconográfico que conseguiu levantar sobre Julia — fotografias, desenhos, programas de espetáculos — e seleciona cinco imagens. Com a ajuda de uma figurinista, encomenda cinco vestidos de época, com modelos semelhantes aos usados pela artista. Em seguida, se faz fotografar com os vestidos, imitando as posições de Julia nas imagens que havia selecionado.

No primeiro encontro interdisciplinar de trabalho, em que os ganhadores do edital apresentam os resultados preliminares de seus esforços, Aníbal mostra as fotografias, com comentários que repetem, sem mudanças, o texto de seu projeto inicial. A apresentação é considerada satisfatória e é elogiada por seu tutor, um conhecido artista de Monterrey cujo nome não vem ao caso. À noite, na festa de confraternização, Aníbal faz amizade, enche a cara e cheira cocaína com outros jovens artistas de várias regiões do México. Ele volta para casa satisfeito, convencido de que esse é o seu mundo e de que está no caminho certo.

Quatro meses se passam e chega o momento do segundo encontro interdisciplinar de trabalho. Nesse meio tempo, Aníbal não fez muita coisa além de passar as noites bebendo, as manhãs dormindo e as tardes flanando pelas ruas da Cidade do México. Ele não tem nada de novo a apresentar e se limita a declamar uma versão ainda mais barroca e pernóstica do seu texto inicial, que é recebida com frieza e comentários irônicos de seu tutor. A mensagem é clara: se você não trabalhar, seu relatório final não será aprovado e sua carreira será encerrada antes mesmo de começar.

Nos meses seguintes, Aníbal é obrigado a se confrontar com o fato de que não tem a mínima ideia de como seguir adiante. Sem muita convicção, ele esboça alguns desenhos de Julia Pastrana feitos com materiais como molho de pimenta *chipotle*, sêmen e restos de cabelo misturados com cola. Mas ele nunca foi um grande desenhista e o resultado não o satisfaz. Em algumas semanas, será realizado o terceiro e último encontro interdisciplinar, quando todos os bolsistas apresentarão seus trabalhos em público. Aníbal não consegue pensar em nada melhor do que uma exposição das fotografias e dos desenhos, mas sente que precisa de algo mais. Ele gostaria de fazer uma performance mas não tem nenhuma experiência nesse campo, e passa muitas horas na internet à procura de inspiração. É aí que ele descobre a existência do artista e terapeuta multidimensional Bernardo Zabalaga.

Segundo sua página oficial na internet, Bernardo Zabalaga é artista performático e estuda a prática xamânica em um cruzamento entre arte e cura através de terapias holísticas. Seu trabalho inclui intervenção urbana, performance, vídeo e dança-teatro. Nos últimos anos, tem realizado uma investigação teórico-prática sobre várias tradições ancestrais e seus usos e costumes rituais. Aníbal toma conhecimento de Zabalaga ao ler sobre sua participação no Festival Internacional de Literatura de Buenos Aires, quando realizou uma cerimônia mediúnica em que canalizou o espírito da poeta argentina Alejandra Pizarnik. Aníbal imagina que realizar um evento semelhante com a invocação de Julia Pastrana poderia ser uma oportunidade interessante não apenas para difundir seu legado, mas também, e sobretudo, para realizar alguma espécie de ajuste de contas cármico--performático, permitindo que Julia finalmente descanse em paz.

Aníbal convida Zabalaga a fazer uma performance na inauguração da exposição. Zabalaga aceita o convite, explicando-lhe, contudo, que não há qualquer garantia de que o espírito de Julia Pastrana queira se manifestar. Aníbal aceita as condições.

O terceiro encontro interdisciplinar é realizado este ano na cidade de Cuernavaca, no Museu Felipe Ehrenberg. Na sala contígua à galeria onde será exibida sua exposição, Aníbal coloca 69 cadeiras de madeira em um semicírculo em torno da cadeira onde se sentará Zabalaga. A iluminação consiste em um único foco de luz, localizado em cima da cadeira de Zabalaga, e uma vela amarela colocada no chão, à sua frente.

No dia da performance, Zabalaga está desde cedo no museu e, quando os primeiros convidados começam a chegar, ele já defumou profusamente o ambiente com *palo santo*, incenso e ervas que não foi possível identificar. Na porta da sala, um funcionário do museu recolhe os telefones celulares e demais aparelhos eletrônicos que, segundo Zabalaga, perturbam a estabilidade do campo magnético-espiritual.

Após uma breve apresentação feita por Aníbal, Zabalaga pede silêncio aos presentes, fecha os olhos e concentra-se por alguns minutos até que seu corpo, com um solavanco discreto, recebe o espírito de Julia. Ou pelo menos é o que todos pensam.

Quando Zabalaga abre a boca para falar, sai uma voz de homem. Isso era mais do que esperado, uma vez que a mediunidade não tem o poder de alterar o sistema neurossensorial nem o aparelho fonador do médium. O que não era esperado é a inflexão enérgica, bem diferente daquela que Aníbal havia imaginado para uma moça sensível e discreta de 26 anos.

A voz que sai de Zabalaga se apressa em dizer que não é Julia Pastrana, e sim Theodore Lent, seu marido e empresário. Ele pede desculpas por se intrometer, sabe que não foi convidado, mas diz que é a única oportunidade que ele jamais terá de poder se explicar e, quem sabe, ser compreendido.

O público se agita. Como sempre, há quem pense que foi tudo planejado e que isso não passa de teatro de qualidade duvidosa, há quem acredite que isso é arte de verdade e que a verdadeira arte é sempre imprevisível, e há aqueles cujo prazer consiste em não ter opinião formada.

Lent diz que está incomodado com as muitas vibrações negativas dirigidas a ele nos últimos tempos. Com todo o estardalhaço em torno dos restos mortais de Julia, seu nome acabou vindo à tona depois de mais de um século de esquecimento. Sei que algumas de minhas ações podem ser questionadas, diz Lent, mas eu não fui um aproveitador frio e inescrupuloso como dizem por aí. Amei minha mulher, amei tanto como qualquer outro homem já amou, e desafio qualquer um a provar o contrário.

Um homem se levanta no meio da plateia e diz: O amor era tanto que você nem a enterrou, preferiu empalhá-la e continuar ganhando dinheiro com ela! Aníbal reconhece o historiador Ricardo Mimiaga e sorri, pensando que, no fim das contas, valeu a pena convidá-lo pessoalmente e pagar a ele um jantar.

Lent suspira, esfrega as palmas das mãos nas pernas e balança a cabeça para um lado e para o outro antes de dizer: Não foi bem assim. Não mandei empalhar, mandei embalsamar. E foi por amor! Eu não suportava ficar longe dela. A ideia não foi minha, foi do professor Sokolov. Ele me propôs e eu aceitei. Você está me julgando com o ponto de vista de hoje, mas lembre-se que naquela época era muito comum embalsamar os entes queridos. Pessoas importantes também foram embalsamadas. Abraham Lincoln foi embalsamado...

Mas é verdade ou não é que você cobrava entrada para ver a múmia de Julia?, insiste Mimiaga. Bom, diz Lent, você precisa entender que o professor Sokolov era uma das maiores autoridades mundiais em embalsamamento. Ele cobrava caro. Eu precisava de dinheiro para pagar minha dívida com ele. De novo, não foi ideia minha. Julia era muito popular, as pessoas tinham muita curiosidade por ela, então quando o dono de uma casa de variedades me fez a proposta eu não podia me dar ao luxo de recusar. Sei que hoje isso pode parecer meio despropositado, mas eu estava sendo prático...

Antes que Mimiaga possa falar novamente, um homem não-identificado já está de pé e diz: Com licença, mas, falando francamente, é duro de acreditar que o senhor tenha se casado com ela por outra razão além do dinheiro. É difícil imaginar qualquer homem querendo se casar, por sua livre vontade, com a mulher mais feia do mundo...

A fala desperta um burburinho na plateia. Lent protesta, dizendo que só gente de mente muito estreita pode acreditar que a aparência física é o que mais importa em um ser humano, e que justamente o fato de ter se casado com Julia demonstra que ele, Lent, soube encontrar nela muitas qualidades que talvez não sejam evidentes para pessoas obtusas, e que quem nunca ouviu Julia cantar, não sabe o que está perdendo...

Enquanto isso, Aníbal se sente dividido. O envolvimento do público confirma que a performance é um sucesso. No entanto, e exatamente por isso, ele se sente apagado, nem sequer um coadjuvante, apenas mais um espectador. Ninguém deu muita bola para a exposição, está claro que o que atraiu as pessoas até ali foi Zabalaga. Aníbal pensa em Laura Anderson Barbata, que aparece em todas as imagens e textos sobre a repatriação dos restos mortais de Julia, e se dá conta de que foi ingênuo. Era eu quem devia estar sentado naquela cadeira, pensa Aníbal. Ele tenta enganar a si mesmo, evocando ideias alheias que questionam as noções de autoria, individualidade e originalidade, mas é difícil escapar da insegurança, da dúvida e, por fim, da sensação de ser uma fraude. Aníbal sabe, ou acha que sabe, que todo verdadeiro artista já experimentou esses sentimentos pelo menos uma vez na vida, mas essa constatação não lhe serve de consolo.

Quando Aníbal se cansa de seus pensamentos e volta a prestar atenção no que está acontecendo, vê o escritor Rafael Toriz que, de pé, termina de ler um texto intitulado *Elegia da mulher feia*. O público aplaude furiosamente, uiva e grita. Que fanfarrão, pensa Aníbal. Toriz abre os braços teatralmente e diz: Está na hora de ouvirmos Julia! Queremos Julia!

Logo todos estão batendo palmas e cantando ritmicamente: Ju-lia, Ju-lia, Ju-lia! Lent gesticula com as mãos, pedindo calma. Aos poucos, a plateia silencia. Ele diz que não sabe se Julia vai aparecer, ela sempre foi muito recatada. De qualquer forma, diz ele, acho que já disse quase tudo o que tinha para dizer, mas não posso deixar de ir embora sem registrar minha indignação com uma pessoa. Ao contrário de Julia, eu nunca fui artista, só um humilde empresário. Ganhei meu dinheiro honestamente e...

Alguns espectadores interrompem com vaias, outros pedem silêncio. Lent respira fundo, espera alguns segundos e retoma sua fala. Eu ia dizendo, me acusam de ter explorado Julia para ganhar dinheiro, mas isso não é verdade, nunca fiz nada sem o consentimento dela, e todo o dinheiro que ganhávamos estava à disposição dela também. Enquanto ela viveu comigo, nunca lhe faltou nada, ela sempre comeu bem, sempre se hospedou nos melhores hotéis, sempre vestiu as melhores roupas. Isso é exploração? Agora, o que dizer de alguém que se diz artista, mas, sem ter talento algum, sem ter capacidade de fazer uma obra minimamente original, resolve fazer um trabalho inteiramente baseado na figura de Julia Pastrana? Se isso não é exploração, então o que é?

Aníbal sente um calafrio. Pensa em toda a cordialidade que marcou sua relação com Zabalaga desde o primeiro contato até agora. Pensa no cheque que deu a Zabalaga na manhã desse mesmo dia, e se pergunta se ainda dará tempo de sustá-lo no dia seguinte. Pensa no que estarão pensando seu tutor e todos os outros artistas sentados na plateia.

É muito fácil apontar o dedo para os defeitos dos outros, continua Lent. Muito mais difícil, todos sabemos, é reconhecer os próprios defeitos. Como já me apontaram muitos dedos, e como não tenho mais nada a perder, faço questão de dizer com todas as letras: Laura Anderson Barbata é uma farsante, é uma hipócrita! Ela me acusa de ser um explorador, mas é ela quem tem usado Julia para se promover. O enterro de Julia em Sinaloa não foi uma cerimônia privada e respeitosa, foi um espetáculo transmitido pela televisão! Também são hipócritas todos os que compactuaram com ela, são hipócritas as autoridades de Sinaloa! Se queriam enterrar Julia, por que não a enterraram ao meu lado, na Rússia? E o governo não tem nada mais importante a fazer do que participar desse circo? Por que não vai combater a sério o cartel de Sinaloa, por exemplo? Por que não vai fazer alguma coisa pelas famílias de milhares de pessoas assassinadas nos últimos anos?

Aníbal sente sua pressão baixar rapidamente. Ele se levanta e vai ao banheiro, pensando em molhar o rosto e talvez se trancar por alguns instantes em um dos cubículos.

No meio do caminho, a vertigem aumenta e ele é obrigado a se escorar na parede do corredor do banheiro. Não há ninguém por perto. Ele respira fundo e tenta manter controle enquanto percebe um zumbido crescente nos ouvidos e sente a visão ficar nublada.

Dias depois, tentando explicar a si mesmo o que lhe acontecera naquele momento, Aníbal escreve: É como se uma força vagamente humana chegasse por trás de mim, ou por cima de mim, me montasse e me colocasse arreios e antolhos, eu ainda estou lá mas não estou totalmente, a maior parte de mim virou montaria, sobrou uma fração da minha consciência que observa com dificuldade o que acontece ao redor, sem iniciativa, sem capacidade de reação, não consigo identificar pessoas, vejo apenas vultos em preto e branco, os sons são confusos e indefinidos, mal consigo distinguir a voz de um homem da voz de uma mulher, levo alguns momentos para perceber que a melodia que escuto sai de minha própria boca, não reconheço a música, mas me parece bonita, de uma beleza triste, tristíssima, e meu corpo se movimenta, alheio, e eu percebo que a melodia ganha confiança, fica mais nítida, talvez porque o ruído de fundo pouco a pouco vai sumindo, e no fim só sobra aquela voz triste, e depois dela não me lembro de mais nada.

A EMANAÇÃO

Contam os sábios tibetanos que o Inferno é dividido em 18 departamentos, dos quais oito insuportavelmente frios e dez insuportavelmente quentes. Esta história começa em um dos departamentos menos quentes, onde dois condenados puxam uma carroça cheia de blocos de pedra. Um tinha sido um salteador que assaltava caravanas nas estepes de Changtang, e era forte como um touro. O outro, magro e esquálido, tinha sido um monge no mosteiro de Takpu, em Nakshö Driru, e foi parar no inferno porque se esmerava em exigir dos outros o comportamento que ele mesmo nunca conseguira ter.

Os dois infelizes se esforçam para fazer avançar a carroça, mas a coisa vai mal. A todo instante o monge tropeça e cai, exausto, e seu companheiro é obrigado a parar para ajudá-lo, interrompendo o trabalho. As pedras são usadas para construir novos alojamentos para os recém-chegados ao Inferno, que nos últimos tempos tem recebido cada vez mais gente. Não há moradias suficientes para todos e o Rei Shinje, o Senhor dos Mortos, ordenou que os condenados trabalhassem dobrado para reduzir o déficit habitacional. Os capatazes estalam seus chicotes de fogo nas costas do monge, urram e gritam, mas ele mal consegue se mexer, coberto de sangue e poeira.

Atormentado de tanto ver seu companheiro sofrer, o ladrão deixa de puxar a carroça e fica em silêncio, inerte. Um capataz com cabeça de cachorro se aproxima e o ameaça com um porrete cheio de pregos. O ladrão diz que só voltará a trabalhar se soltarem as correntes que prendem seu companheiro à carroça, pois assim ele poderá puxá-la sozinho e tudo andará mais rápido. O capataz, enfurecido, grita que não recebe ordens de condenados, e esmaga o crânio do ladrão com o porrete.

Como se sabe, no Inferno tibetano a danação não é eterna. Lá, é possível morrer e renascer em outro lugar. E é exatamente o que acontece com o ladrão, cuja compaixão faz com que ele reencarne com o nome de Li Xun, em uma pequena aldeia no sul da província chinesa de Quinghai. Como ele ainda tem muitos crimes para purgar, o destino se encarrega de que ele se torne um burocrata e leve uma vida enfadonha e repetitiva.

Assim, depois de quase três décadas de uma existência incolor nos meandros do serviço público chinês, Li Xun chega aos 50 anos de idade na condição de funcionário nível 10, categoria 22, ocupando o cargo de Subchefe da Divisão de Regulamentação do Departamento de Budismo e Taoísmo da Secretaria Estatal de Assuntos Religiosos (SEAR).

A SEAR é o órgão da República Popular da China encarregado de supervisionar a atuação de grupos religiosos no território chinês, para garantir que atuem dentro da lei. O Departamento de Budismo e Taoísmo tem sob sua jurisdição todos os templos e associações religiosas budistas e taoístas em território chinês. Dentre as muitas questões delicadas que o Departamento de Budismo e Taoísmo precisa tratar, a mais delicada é a relação com os budistas tibetanos.

Como Li Xun aprendeu assim que começou a trabalhar na SEAR, desde o século XVII o líder espiritual e político dos budistas tibetanos é o Dalai Lama, nome dado às sucessivas reencarnações de Avalokiteshvara, o bodhisattva da compaixão. Em 1951, o exército da República Popular da China ocupou o Tibete, reivindicando soberania sobre seu território e deflagrando um conflito que culminaria com a fuga do 14.º Dalai Lama e seu exílio na Índia. Desde então, embora o Dalai Lama tenha perdido poder político, continua sendo considerado pelos budistas tibetanos como sua máxima autoridade religiosa, o que entra em choque com os interesses chineses.

Em julho de 2007, Li Xun recebe um memorando informando sobre a publicação da *Ordem n.º 5 — Medidas para a Administração da Reencarnação de Budas Vivos no Budismo Tibetano*. Como ele não pertence à cúpula de dirigentes, não esteve envolvido na preparação do documento, mas já tinha ouvido rumores sobre ele e a publicação não o surpreende. Não é um texto muito extenso, nem muito diferente de tantos outros documentos burocráticos: apenas 14 artigos, que determinam, em linguagem seca, uma série de condições e procedimentos que precisam ser atendidos para que alguém seja reconhecido oficialmente como um buda reencarnado.

Alguém poderia pensar que, mesmo para um barnabé dócil e apagado como Li Xun, deve ser bizarro ver um governo comunista e oficialmente ateu legislando sobre assuntos teológicos. No entanto, esse alguém estaria desconsiderando o longo histórico das relações entre o Dalai Lama e o governo central em Pequim, que remonta a vários séculos, e a própria visão chinesa do tempo e da história. Para uma nação que existe há mais de quatro mil anos, tem uma sólida tradição de governo centralizado e a burocracia mais antiga do mundo, a *Ordem n.º 5* não chega a ser um ponto fora da curva.

Como Subchefe da Divisão de Regulamentação, Li Xun é encarregado de transmitir aos escritórios regionais da SEAR as novas regras para a administração de Budas vivos reencarnados. Ele sabe que, na prática, a *Ordem n.º 5* não vai mudar muito o curso dos acontecimentos em território chinês. Pequim já controla de fato os rumos do budismo tibetano na China e nada acontece sem o conhecimento e a anuência do governo central. Mesmo um barnabé dócil e apagado como Li Xun sabe que o verdadeiro alvo da *Ordem n.º 5* é o 14.º Dalai Lama, que está ficando velho e, como todos nós, algum dia irá morrer.

A comunidade tibetana fora do Tibete reage com indignação às novas regras, mas em um mundo com tantos problemas essa resistência não tem grande repercussão, nem representa ameaça alguma para Pequim. O governo chinês não tem pressa, sabe que o tempo está a seu favor. Mais alguns anos e a escolha do 15.º Dalai Lama será feita sob o controle total e absoluto da China.

Quatro anos se passam, e tudo continua igual na vida de Li Xun. Ele não tem qualquer razão para supor que os rumos de sua existência mudarão drasticamente, mas é exatamente isso que vai acontecer. O 14.º Dalai Lama acaba de publicar uma longa e detalhada declaração explicando como seu sucessor será escolhido.

A essência de um ser iluminado é composta por numerosos corpos, físicos e não-físicos, que constituem manifestações diversas da mesma natureza sagrada, diz o Dalai Lama. Há muitas maneiras de perpetuar essa essência, a mais conhecida das quais é a reencarnação do ser iluminado após a sua morte. Contudo, antes mesmo da morte do ser iluminado, essa essência pode se manifestar em outros seres, através de um processo chamado *emanação*. Embora essa possibilidade não seja comum, não se trata de algo exatamente inédito na história do budismo tibetano. A emanação pode se manifestar em qualquer pessoa, a critério exclusivo do ser iluminado. Antes ou depois de sua morte, é Ele, e apenas Ele, quem pode escolher o que acontecerá com sua essência divina. Nenhuma outra pessoa ou instituição tem o direito de fazer isso.

O comunicado do Dalai Lama gera longos debates internos na SEAR. A ideia de que ele possa indicar seu sucessor antes de sua morte é algo que não havia sido previsto e ameaça toda a estratégia de sucessão concebida por Pequim. O Chefe da Divisão de Regulamentação reúne uma equipe de monges, técnicos e advogados e ordena que preparem um relatório, o mais minucioso e erudito possível, para identificar inconsistências teológicas na declaração do 14.º Dalai Lama. Li Xun coordena os trabalhos da equipe. Mesmo com a consciência embotada por muitos anos de trabalho no serviço público, não lhe passa despercebida a ironia de a burocracia comunista parecer muito mais preocupada com a manutenção das tradições do budismo tibetano do que o próprio líder dessa religião.

A elaboração do relatório sobre a declaração do Dalai Lama está em seus estágios finais. Li Xun está em sua sala, corrigindo a primeira versão, quando um de seus assistentes bate à porta. O Chefe da Divisão está chamando a todos para a sala de reuniões no segundo andar.

Quando Li Xun chega à sala, já há duas dezenas de pessoas sentadas em silêncio em frente à grande tela onde aparece a imagem em movimento do 14.º Dalai Lama. Li Xun senta-se ao lado do Chefe da Divisão, que sussurra: Ele convocou uma coletiva de imprensa para anunciar seu sucessor.

Li Xun tem um conhecimento rudimentar de inglês. Não consegue entender quase nada que o Dalai Lama diz, mas percebe que ele está falando mais de religião do que de política. As frases são entremeadas com algumas palavras e expressões em tibetano. Li Xun observa a expressão do Dalai Lama e pensa: Ele parece estar sempre sorrindo. Deve ser cansativo sorrir o tempo todo.

Depois de quase vinte minutos falando, o Dalai Lama menciona pela primeira vez a palavra *China* e os flashes dos fotógrafos começam a estourar todos ao mesmo tempo. O Chefe da Divisão arqueia as sobrancelhas. Será que entendi bem?, pensa Li Xun. Ele disse mesmo que seu sucessor está na China? Sim, ele disse isso mesmo, é o que parece responder o olhar curioso do Chefe da Divisão, que não desprega os olhos da tela.

O Dalai Lama continua a falar e agora usa a palavra *Pequim*. Ele fala por mais alguns minutos e faz uma pausa. É então que Li Xun ouve um som muito familiar sair dos lábios do Dalai Lama: o som de seu próprio nome. Os colegas se viram para ele, começam a rir e a fazer brincadeiras. O Chefe da Divisão, que não ri quase nunca, também sorri e parece se divertir com a situação. Nos próximos dias, pensa Li Xun, as centenas de Li Xun que vivem em Pequim também vão ouvir gracinhas dos vizinhos e colegas de trabalho. O mais famoso deles, o lateral direito do Yanbian F. C., já deve estar recebendo as primeiras chamadas de jornalistas.

Será que alguém também vai querer me entrevistar? Nunca fui entrevistado por ninguém. Mas que estranho, ele não escolheu um tibetano. Por quê?

O Dalai Lama continua a falar, e de repente todos ficam em silêncio. Li Xun estava distraído e não ouviu o que o Dalai Lama acabou de dizer. O que houve?, ele pergunta ao Chefe da Divisão. O Chefe se vira e, ainda em silêncio, olha-o sério e concentrado, com os olhos apertados, como um médico examinando uma radiografia. Venha comigo, diz o Chefe.

O Chefe se levanta e Li Xun o acompanha, sob o olhar mudo dos colegas. Os dois entram no elevador privativo dos dirigentes e o Chefe da Divisão aperta o botão do 12.º andar. Apesar de trabalhar na SEAR há mais de trinta anos, Li Xun nunca havia entrado neste elevador nem pisado no 12.º andar, mas sabe muito bem aonde está indo: ao gabinete do Diretor Geral.

Li Xun sente o coração bater mais rápido e se lembra, mais uma vez, que dois anos antes o médico havia ordenado que ele parasse de fumar e cortasse a comida gordurosa. Seu tio e seu avô morreram de infarto do miocárdio. Talvez eu não tenha a mesma sorte, pensa Li Xun. Não sei o que está acontecendo, mas a chefia também não sabe. Eles vão me investigar e não vão encontrar nada, porque não há nada a encontrar. Ou há? Eu só estive no Tibete duas vezes, a última vez há três anos, e sempre acompanhando o Chefe da Divisão. Mas isso não quer dizer nada, eles sempre podem inventar alguma história e meter uma bala na minha nuca antes do resto do mundo ficar sabendo.

Todos os seres humanos, ou pelo menos os seres humanos adultos e em pleno gozo de suas faculdades mentais, têm consciência de que vão morrer um dia. Apenas uma minoria, contudo, tem capacidade de entender as implicações brutais desse fato e viver de acordo com esse entendimento. Li Xun acaba de se juntar a essa minoria. Suando frio em pé no elevador, ele enfim se dá conta de que vai morrer, e bem mais cedo do que esperava. Embora a viagem de elevador dure apenas alguns minutos, este é um daqueles momentos em que, por força das circunstâncias, o tempo se comporta de forma caprichosa e permite que Li Xun passe em revista sua vida inteira. As décadas de trabalho no serviço público vêm à sua mente, e o que ele vê são centenas, milhares de dias muitíssimo parecidos uns com os outros, idênticos como grãos de areia que escorrem em uma ampulheta, sem grandes dores, sem grandes amores. Como acontece com tanta gente, a iminência da morte provoca em Li Xun a descoberta de que ele poderia ter vivido sua vida de forma diferente. Como acontece com tanta gente, Li Xun entende também que essa descoberta chegara tarde demais.

O Diretor Geral tem todas as razões para desconfiar de Li Xun, mas ao vê-lo entrar em sua sala uma estranha e instantânea simpatia brota em seu coração. Acontece que o Diretor Geral não era outro senão a reencarnação do monge que puxava a carroça no começo desta história, e um lampejo de consciência consegue transpor o véu do esquecimento e chegar à sua mente. É assim que, em vez de ordenar a execução sumária de Li Xun, o Diretor Geral determina que ele fique em prisão domiciliar enquanto seu caso é analisado.

O assunto é levado até o Conselho de Estado. O Diretor Geral defende a ideia de que, ainda que não esteja claro por que o Dalai Lama escolheu um burocrata chinês como seu sucessor, não há qualquer possibilidade de Li Xun se comportar contra os interesses chineses. Trata-se de um funcionário modelo, sem qualquer mancha em sua longa e disciplinada carreira no serviço público. Na verdade, o Dalai Lama nos poupou tempo, diz o Diretor; em vez de escolhermos uma criança qualquer como sucessor e treiná-lo por anos para que ele possa desempenhar suas funções do jeito que queremos, temos alguém já treinado, de total confiança, alguém que fala chinês, conhece os rudimentos do budismo tibetano e está acostumado a lidar com seus praticantes. O que mais poderíamos desejar?

Naquela noite, Li Xun sonha com o 14.º Dalai Lama. Ele acorda no dia seguinte confuso e não tem certeza se entende ou se acredita em tudo o que o Dalai Lama lhe disse. Mas, no meio de sua confusão, ele sente brotar uma sensação familiar e tranquilizadora: a serenidade de quem não tem outra opção a não ser cumprir ordens.

DEUS NÃO VAI SE INCOMODAR

Sozinho no seu canto da repartição, Moacyr aproveita a ausência do Isaías para poder escutar pagode e ver mulher pelada na internet sem ser molestado. O trabalho seria quase perfeito se não fosse o Isaías. Não há muito o que fazer, e raramente algum engravatado aparece pedindo para tirar xerox de algum documento ou pagar uma conta no banco. O salário não é excelente, mas é suficiente para o Moacyr viver com tranquilidade e até guardar um pouquinho todo mês, sonhando com aquele terreno em Sobradinho. O problema é o Isaías.

Moacyr enlouquece com o jeito cri-cri do Isaías, com seu cabelo curtinho e suas roupas engomadinhas, com seu olhar permanente de reprovação, com as músicas evangélicas que ele ouve. Sente-se permanentemente vigiado e tem a impressão de que o Isaías só está lá para mantê-lo tenso.

Mas, como o próprio Isaías costuma dizer, Deus é fiel. E Moacyr rezou tanto para o Isaías desaparecer da sua frente que afinal o Isaías bateu com aquele carro velho na Estrada Parque Taguatinga-Guará e teve que botar uns pinos na perna e ficar de repouso em casa por tempo indeterminado. Moacyr é um homem livre. Pelo menos por enquanto.

Agora que é o senhor incontestável da repartição, Moacyr inaugura sua liberdade bisbilhotando as gavetas da escrivaninha do Isaías. Logo encontra um estojo de plástico preto imitando couro, cheio de CDs. Quase todos os CDs são de bandas evangélicas, e Moacyr se sente tentado a jogar o estojo na grande caçamba de lixo que fica na garagem do prédio, mas resiste à tentação. O último CD do estojo chama sua atenção, pois é o único que tem capa. Uma capa colorida de papel vagabundo, com um homem de feições nobres e enrugadas. O homem sorri enigmaticamente, os cabelos brancos exalando dignidade, o suéter branco sobre os ombros transmitindo uma aura de tranquilidade e paz. Moacyr reconhece esse rosto apesar de não vê-lo há muito tempo. É aquele cara que apresentava o telejornal quando ele era criança, como é mesmo o nome dele? Cid Moreira. É o que está escrito na capa do CD.

O pensamento voa e Moacyr se lembra de sua santa mãezinha, que Deus a tenha, assistindo ao telejornal antes da novela. Num impulso, Moacyr retira o CD do estojo e o coloca em sua mochila.

À noite, sozinho em casa, Moacyr cozinha um pacote de Miojo e come enquanto assiste televisão. Quando acaba a novela das sete e aparece a chamada para o telejornal, ele se lembra do CD. A Coca-Cola está há dias na geladeira e já perdeu bastante gás, mas Moacyr não é muito exigente e enche um copo. Com a barriga cheia e a sensação de bem-estar proporcionada pelo arroto provocado pelo que sobrou do gás do refrigerante, é inevitável a vontade de fumar maconha deitado no sofá da sala.

Moacyr acende o baseado e coloca o CD para tocar no aparelho comprado em 12 prestações sem juros nas Casas Bahia. Logo começa a soar uma frequência grave, contínua, semelhante ao ruído feito por uma geladeira com defeito.

Moacyr é pego de surpresa pelo som e os cabelos de sua nuca se eriçam instantaneamente. Junto com a frequência grave começam a soar trombetas angelicais tocadas por um sintetizador, formando um acorde menor.

Mesmo sabendo que a qualquer momento a voz iria irromper sala adentro, Moacyr não consegue segurar o susto ao ouvir o baixo profundo, másculo e inquebrantável, que recita: *Não se irrite por causa dos que vencem na vida, nem alimente inveja daqueles que tentam e conseguem realizar seus planos de maldade. Os tolos, ao verem o sucesso dos ímpios, dizem: Veja, como tudo corre bem para eles! Tenha paciência mais um pouco. O Senhor vai cuidar disso com amor e com justiça. Não se enfureça, nem se irrite. Isso só lhe faz mal. Creia nisso. Os malfeitores serão exterminados! Enquanto os justos possuirão a terra! Sim, aqueles que confiam no Senhor viverão com segurança. Mas os ímpios serão todos exterminados, um por um.*

Moacyr, perturbado, desliga o aparelho de som antes de o salmo terminar, mas a voz se recusa a ir embora e continua a falar como se nada tivesse acontecido. Moacyr, irritado, se arrepende de não ter comprado o aparelho de som um pouco mais caro que viu na loja em vez dessa porcaria. Levanta-se e arranca o fio do aparelho da tomada. Mas a voz continua, majestosa e sem pressa. Moacyr sente o coração disparar e desaba no sofá. Alguns minutos depois, o salmo termina e a voz desaparece junto com as trombetas angelicais.

Nada parecido havia acontecido antes na vida de Moacyr. Ele não sabe como lidar com isso. Quer fingir que não aconteceu nada, mas não faz o menor sentido fingir para si mesmo.

No dia seguinte, ao tomar café antes de ir para o trabalho, Moacyr vê a capa do CD em cima do aparelho de som e sente um arrepio na espinha. Quer esquecer o assunto, mas não consegue. Retira o CD do aparelho, guarda-o na capa e vai para o trabalho com o CD na mochila.

Ao chegar à repartição, Moacyr tira o CD da mochila e olha-o por longos minutos. A curiosidade é mais forte que o medo, e afinal ele coloca o CD para tocar no computador. As caixinhas de som são ainda mais vagabundas do que o seu aparelho de som, mas ainda assim Moacyr sente taquicardia ao ouvir novamente as trombetas angelicais. Moacyr escuta um salmo inteiro até o final, e só então aperta o botão "stop" do reprodutor de som do computador e respira fundo.

Mas a voz continua falando.

A voz diz que não gosta de ser interrompida e que se ele não queria escutar não deveria ter colocado o CD para tocar.

Moacyr olha em volta, levanta-se e fecha a porta de sua sala. Volta para sua cadeira e, tentando manter a calma, pergunta quem está falando.

A voz responde que é Deus.

Moacyr pergunta a Deus o que está acontecendo. Deus explica a Moacyr que é muito chato ser Deus o tempo todo e por isso, para matar o tempo e fugir da mesmice, Deus brinca de esconde-esconde consigo mesmo. Com o passar do tempo, Deus foi ficando melhor na brincadeira e hoje Ele é capaz de passar muito tempo sem encontrar a si mesmo. Deus continua a explicar que na verdade Moacyr, como todas as coisas que existem no mundo, é um pedaço de Deus. O que aconteceu é que Moacyr, ao escutar o Cid Moreira em um estado alterado de consciência, provocou um lampejo de reconhecimento, e Deus se lembrou de que na verdade Moacyr é Deus.

Moacyr pergunta a Deus como pode saber se aquilo que Deus está dizendo é verdade. Deus responde a Moacyr que não tem que provar nada a ninguém, muito menos a Ele mesmo, mas para não parecer antipático pede para Moacyr se olhar no espelho do banheiro da repartição.

Moacyr caminha até o banheiro com medo, muito medo. Por sorte, não há ninguém lá. Moacyr hesita alguns segundos antes de se olhar no espelho, mas acaba capitulando. No espelho, seus olhos se encontram com os olhos de Cid Moreira.

Moacyr levanta a mão direita, depois a esquerda, para conferir se Cid Moreira o acompanha. Cid Moreira, com uma flexibilidade invejável para seus oitenta e muitos anos de idade, segue todos os seus movimentos. Moacyr solta uma gargalhada de pura felicidade. O medo é coisa do passado.

Enquanto agita os braços e gargalha frente ao espelho, a porta do banheiro se abre abruptamente. É Dorival, do almoxarifado. Moacyr se recompõe e faz um gesto amigável para Dorival, que retribui o gesto. Pelo espelho, Moacyr vê Dorival se dirigir a um dos mictórios. Só que não é Dorival, é Cid Moreira. De costas, mijando.

O espetáculo de dois Cids Moreiras no espelho do banheiro é demais para Moacyr, que abandona o recinto, transtornado.

Moacyr pede a Deus uma explicação sobre o ocorrido. Deus pergunta a Moacyr se ele acha que é a única fagulha de energia divina encarnada em um ser humano. Quanta pretensão! Moacyr acha que entendeu e pergunta a Deus se então qualquer pessoa que se refletir naquele espelho aparecerá para ele, Moacyr, com as feições de Cid Moreira.

Deus responde que sim. Qualquer pessoa? Sim, qualquer pessoa. A não ser que seja uma pessoa possuída por Satanás.

Moacyr medita alguns instantes sobre as palavras que acabou de ouvir e diz: Mas se todas as coisas que existem no mundo são pedaços de Deus, então Satanás também é. Deus responde que Satanás na verdade é uma metáfora para o que acontece quando Deus não reconhece a si próprio, mas que esse é um tema complicado demais para Moacyr entender. Deus então pede licença a Moacyr, pois tem mais o que fazer.

A princípio é meio complicado aceitar a ideia de que pode falar com Deus, mas Moacyr acaba se acostumando. A verdade é que sua vida continua praticamente a mesma. A única diferença é que agora, todos os dias, Moacyr escuta o CD de Cid Moreira enquanto trabalha, para surpresa dos outros companheiros de repartição.

Mas ninguém fica mais surpreso do que o Isaías, ao retornar da licença meses depois. Sorridente, ele acha que Moacyr se converteu e abraça-o efusivamente. Moacyr, sem graça, não tem ânimo para contradizê-lo. Isaías começa a falar sem parar, contando novidades da família e do pessoal da igreja e descrevendo com detalhes todas as suas atividades durante os meses em que esteve fora.

Moacyr sente náuseas, pede licença e vai até o banheiro olhar-se no espelho. Alívio: Cid Moreira continua lhe retribuindo o olhar. Mas o alívio dura pouco, pois logo em seguida Isaías entra no banheiro e, sem parar de falar com Moacyr, entra em um dos cubículos e encosta a porta. Pelo espelho, Moacyr observa a nuca de Isaías para ver se é a nuca de Cid Moreira. Mas não: é apenas a nuca de Isaías.

Moacyr age rápido. Abre a porta do cubículo e agarra Isaías pela garganta com as duas mãos. Isaías, com as calças arriadas, esperneia de olhos esbugalhados enquanto Moacyr, sem afrouxar a pressão dos dedos, pensa que, se Isaías é um pedaço de Deus, e se ele próprio, Moacyr, também é um pedaço de Deus, então Deus não vai se incomodar.

AS FORMIGAS

1

Uma longa fila de formigas da espécie *Linepithema humile* está prestes a ser dizimada. Elas não sabem, mas seu algoz é um menino louro sorridente de quatro anos de idade, chamado Miguel. Mesmo que as formigas soubessem, não faria diferença.

2

Passei meu aniversário de 15 anos trabalhando. Foi um dia como outro qualquer. A única diferença é que as outras moças que trabalhavam comigo na mansão me deram os parabéns. Eu me lembro bem. Foi uma quarta-feira.

O Florentino trabalhava na mansão como vigia, foi assim que nos conhecemos. Me lembro das meninas dizendo a ele: "Você não vai dar os parabéns pra Ana?". Ele tinha 18 anos e sorriu pra mim. Ele é alto, de olhos claros, quase louro. Nunca achei que fosse olhar pra mim, baixinha e moreninha.

3

Miguel é uma das dezenas de crianças que, nessa manhã de sol, brincam na Praça Vicente López, no bairro da Recoleta, em Buenos Aires. Se fosse em algum outro bairro da cidade, talvez as crianças estivessem acompanhadas por suas mães, ou talvez nem estivessem em uma praça, e sim em uma creche. Mas as pessoas que moram na Recoleta gozam de alto poder aquisitivo e podem pagar babás e outros serviçais.

Todas as crianças que estão nessa manhã na Praça Vicente López estão acompanhadas por babás. Uma das babás nasceu em um povoado do interior da província de Jujuy, no norte da Argentina, e outra nasceu em La Matanza, na Grande Buenos Aires. Com exceção dessas duas, todas as outras babás nasceram no Paraguai.

4

Tem anos que não falo com minha mãe. Sei que, se eu ligar pra ela, ela vai me pedir dinheiro. Mas, na verdade, não é nem por isso que não ligo pra ela. Eu não ligo é porque, se ligar, vou acabar falando o que sinto e vou machucar ela. Aí prefiro nem ligar.

Quando eu tinha seis anos, minha mãe me deu a uma senhora casada com um militar. Me deu, como se eu fosse um cachorrinho. O nome dela era Ña Teresa. Primeiro eu cuidava da filhinha dela, que tinha um ano de idade. Depois ela foi me ensinando a limpar a casa, a lavar roupa...

A televisão ficava na sala. Eu morria de vontade de ver televisão, mas não podia, tinha que arrumar a casa. Então quando eu ia arrumar a sala sempre demorava mais um pouco, pra ficar espiando a televisão.

5

Linepithema humile é o nome científico da espécie conhecida popularmente como "formiga argentina". Originária do noroeste da Argentina, é uma das espécies invasoras mais nocivas e beligerantes de que se tem notícia. Uma vez introduzida em um novo habitat, a formiga argentina expulsa todas ou quase todas as formigas nativas.

Linepithema humile quer dizer "coisa amaldiçoada humilde".

6

Ña Teresa mandou tirar uma carteira de identidade pra mim. A gente ia viajar de carro, ia cruzar a fronteira e pra fazer isso eu precisava da identidade.

Isso foi quando eu tinha uns nove anos de idade. Mais ou menos nessa época, o filho mais velho de Ña Teresa começou a ir atrás de mim quando eu estava sozinha. Ele sempre encontrava um jeito. Ele dizia que não adiantava eu contar nada, que ninguém ia acreditar em mim.

Quando eu tinha 13 anos, minha mãe foi me buscar pra passar o Natal. Levei minha carteira de identidade. Quando chegou a hora de voltar, eu disse que não ia. Minha mãe ficou brava, Ña Teresa ficou brava. Ña Teresa disse que ia mandar os soldados me buscarem. Mas eu não voltei.

7

Uma das grandes vantagens evolutivas das formigas é o seu comportamento social. Ao formarem colônias em que cada indivíduo desempenha uma tarefa especializada, as formigas conseguem suprir suas necessidades básicas de sobrevivência (alimentação, moradia, procriação, defesa etc.) com mais eficiência do que os insetos não-sociais.

Uma colônia de formigas é composta de três tipos de indivíduos: fêmeas reprodutoras ("rainhas"), fêmeas não-reprodutoras ("operárias") e machos reprodutores. As operárias se encarregam de todas as tarefas, exceto a reprodução. As rainhas, ao contrário, se dedicam apenas a acasalar e pôr ovos, e só realizam outras tarefas esporadicamente. Os machos só fecundam a rainha, sem assumir nenhuma outra tarefa. Nem a rainha nem qualquer outra formiga diz às outras o que é preciso fazer; cada formiga conhece seu lugar.

Os termos "rainha" e "operária" aplicados aos insetos sociais foram cunhados pelo naturalista inglês Charles Butler em 1609, 180 anos antes da Revolução Francesa.

8

Sou paraguaia de raça pura, o Florentino não. A avó dele era paraguaia, casada com um boliviano. Esse boliviano tinha sido prisioneiro durante a Guerra do Chaco, e depois que a guerra acabou ele ficou no Paraguai. Então a mulher dele engravidou de um alemão, um menonita. Quando a criança nasceu, era uma menina loura de olhos claros. Mesmo assim, o boliviano registrou como se fosse sua filha legítima. Essa menina é a minha sogra. Por isso meus filhos têm sobrenome boliviano.

9

Observe a formiga, preguiçoso, reflita nos caminhos dela e seja sábio.

10

Sempre tive muito carinho pela Mercedes. Foi a Mercedes quem convenceu o Florentino a se casar comigo. Eu estava grávida de três meses. A família dele não queria nada comigo. Queriam que ele arranjasse uma mulher com mais estudo. Foi a Mercedes quem convenceu ele. Ela é a irmã mais velha dele. Ela sempre foi um espelho pra mim. Tinha educação, tinha negócios.

A Mercedes não foi *criadita* como eu. Só aos 13 anos começou a trabalhar. Era empregada doméstica, mas trabalhava em uma família muito boa, que tratava ela como se fosse uma filha. Depois ela se casou com um motorista de ônibus que trabalhava no terminal rodoviário de Asunción, na empresa Brújula. Ele ganhava bem e podia sustentar ela. Ela parou de trabalhar e voltou a estudar. Estudou pastelaria. Fez muito dinheiro vendendo tortas, bolos... Depois entrou na faculdade, e lá ela conheceu uma senhora que vendia joias. Começou a vender joias também. Depois, abriu uma lavanderia.

Depois que o Hugo nasceu, fomos morar em um quarto na casa da Mercedes. Era uma casa linda, de dois andares, com pátio. Eu perguntava ao Florentino como era possível que a Mercedes tivesse avançado tanto na vida em tão pouco tempo, ela que tinha começado tão pobrezinha. Eu sabia que o marido dela ganhava bem, mas tanto assim? Um motorista de ônibus ganha tanto assim? Ele usava um monte de anéis de ouro. Não era prata, era ouro mesmo. O Florentino dizia que o marido da Mercedes só podia estar metido em contrabando. Nunca conversei com a Mercedes sobre isso.

Eu considerava ela uma segunda mãe pros meus filhos. Eu considerava ela superior a mim.

Foi muito duro perder sua amizade.

11

Ó formigas, entrai na vossa morada, senão Salomão e seus exércitos esmagar-vos-ão com seus pés, sem que disso se apercebam.

12

Antes mesmo do Hugo nascer, o Florentino já tinha outras mulheres. Ele era vigia, trabalhava à noite. Eu não sabia de nada. Um dia, ele me contou que tinha outra mulher. Não sei bem por que ele me contou. Talvez porque estivesse arrependido mesmo.

Quando a Mercedes ficou sabendo, deu uma bronca tremenda nele. Disse que ele era um sem-vergonha. Botou ele pra fora de casa. Fiquei morando com ela, eu e o bebê.

Essa foi a primeira separação.

Eu não tinha dinheiro nenhum. O Florentino não me dava nada. A Mercedes me disse: "Vamos botar a Justiça atrás dele."

Ela me levou até o Palácio de Justiça e resolveu tudo. Saímos de lá com um papelzinho carimbado pelo juiz. Entregamos o papelzinho na empresa onde o Florentino trabalhava. Ele foi obrigado a me pagar uma pensão.

Eu não tinha voz própria. Não era dona da minha vida. Me deixava levar.

Um dia, a Mercedes me disse que precisava do quarto em que eu estava morando. Ela disse que eu tinha que dar um jeito na minha vida. Ela encontrou um quarto de aluguel pra mim e levou minhas coisas pra lá.

Quando o Florentino ficou sabendo que eu tinha saído da casa da Mercedes, ele foi me procurar. Veio morar comigo no quarto de aluguel.

Pouco tempo depois, fiquei grávida do Hernán. Ele ficou furioso comigo. Dizia: "Como é que você não se cuidou?" Ele foi embora e me deixou sozinha, com o Hugo pequenininho e outro bebê na barriga. Essa foi a segunda separação.

Eu não tinha dinheiro nenhum, não sabia o que fazer. Ficava esperando ele na saída da firma onde ele trabalhava. Ele ficava furioso e gritava comigo.

Aí fui morar com a mãe dele no interior. Foi lá que nasceu o Hernán.

Quando o Hernán tinha oito dias de vida, o Hugo teve uma pneumonia. Ficou muito doente. Emagreceu, dava pra ver as costelas dele. Os olhos afundaram. Achei que ele fosse morrer, todo mundo achou que ele fosse morrer. Fiquei esperando a morte dele. No interior é assim. Mesmo que você vá ao hospital e o médico te dê uma lista de remédios pra tomar, com que dinheiro você vai comprar? Os remédios são caros. A vida é muito dura no interior.

Uma vizinha veio ver o Hugo e se assustou com ele. Viu que ele ia morrer. Essa vizinha, não sei como, tinha o telefone de uma amiga da Mercedes em Asunción. A vizinha caminhou quilômetros até achar um telefone e ligou pra

Mercedes. Por sorte, a Mercedes estava na casa da amiga quando ela ligou. A vizinha disse à Mercedes que o sobrinho dela estava morrendo. A Mercedes se desesperou e quatro horas depois ela chegou de carro.

Levamos o Hugo pro hospital em Asunción. No caminho, a Mercedes brigava comigo e dizia: "Você não tem vergonha do que fez?" Me humilhou muito. Eu não dizia nada.

O Hugo ficou internado oito dias. Eu não podia dar de mamar pro Hernán, porque não deixavam entrar bebês no hospital. Então a Mercedes levou o Hernán e cuidou dele.

Até hoje a Mercedes diz pro Hugo que, se não fosse ela, ele tinha morrido. E ela tem razão.

Depois que o Hugo saiu do hospital, voltei pro interior. O Florentino encontrou um trabalho que pagava melhor, alugou uma casa e me levou pra lá. Aí fiquei grávida da Heidi. Ele ficou furioso de novo. Me deu uns comprimidos pra abortar. Eu tomei, mas não funcionou. A Mercedes dizia: "Você parece um coelho! Basta olhar pro meu irmão que você engravida dele!"

Quando eu estava grávida da Heidi, o Florentino batia muito em mim. Uma vez me deixou cheia de manchas roxas. Uma vizinha viu e me disse: "Se você não der queixa na polícia, eu vou dar." Então eu dei queixa na polícia.

Fui até a delegacia e voltei com um papel com a intimação. Nós dois tínhamos que estar no juizado no dia seguinte às oito e meia da manhã. Eu cheguei em casa e mostrei o papel pra ele. Ele me disse: "Um policial uma vez me disse que a gente não deve bater em mulher. A gente tem é que matar logo de uma vez." Ele pegou uma faca e achei que fosse me matar mesmo. Mas ele não fez nada.

No dia seguinte, fui sozinha ao juizado. A juíza perguntou onde estava o Florentino. Eu disse que ele estava em casa, dormindo. A juíza mandou buscar ele.

Quando os guardas chegaram com o Florentino, a juíza perguntou o que eu queria que ela fizesse. Ela disse que podia meter o Florentino na cadeia, mas perguntou: "Se ele estiver preso, quem vai te sustentar? Ele vai perder o emprego." No final, eu disse que preferia que ele me pagasse um dinheiro todo mês.

Ele ficou um tempo sem me bater, depois voltou a me bater. E me dizia que se eu desse queixa de novo ele me matava.

O Florentino não vivia em casa. Vivia por aí, com outras mulheres. Quando brigava com elas, voltava pra casa. Foi assim que fiquei grávida da Heidi, e depois do Henry.

Os dois nasceram nessa casa. Eu tive os dois praticamente sozinha. Só quem me ajudou foi uma velhinha parteira que morava perto da minha casa. Se não fosse ela, não sei o que teria acontecido.

Quando o Henry fez quatro anos, voltei a trabalhar. Deixava as crianças com a irmã caçula do Florentino. Ela tinha 15 anos. Fui trabalhar em casa de família.

Um dia, não sei bem por quê, me deu vontade de visitar a Ña Teresa. Voltei ao bairro onde ela morava. Ela tomou um susto quando me viu. A filha dela também. A gente não se via há quase dez anos. Conversamos. A filha dela me mostrou as fotos da festa de 15 anos dela. No final, a Ña Teresa me ofereceu trabalho na fábrica de tecidos dela. Disse que eu ia levar um tempo pra aprender a mexer nas máquinas, mas que o salário era muito melhor do que o de empregada doméstica.

Em um mês aprendi a usar as máquinas. Eu ganhava bem. Gostava de trabalhar lá. Se tivesse continuado, hoje eu seria uma profissional, quem sabe não teria minha própria fábrica.

Eu já estava trabalhando lá há uns seis meses quando a irmã caçula do Florentino conseguiu um emprego. Agora não tinha ninguém pra ficar com os meus filhos. O Florentino botou uma menina lá em casa. Ela era amante dele, mas eu não sabia. O Hugo já era crescidinho, quando eu chegava em casa ele me dizia que tinha visto o pai beijando ela, que tinha visto os dois deitados na cama. Eu falei com eles, eles negaram. Tive que ver com meus próprios olhos.

Encontrei os dois na cama. Eu disse pra ela ir embora da minha casa na mesma hora. Ela se levantou, abriu o armário — eu tinha separado um pedaço do armário pra ela — pegou suas coisas, meteu numa bolsa e foi embora.

O Florentino começou a gritar comigo. Eu tinha um nó na garganta, não conseguia dizer nada. Ele saiu e foi atrás dela na rua, mas não encontrou. Ele voltou, abriu o armário, colocou minhas roupas numa sacola e me botou pra fora de casa.

Não consegui fazer nada. Peguei a sacola e fui pra casa do meu pai.

Ai, você não sabe o que eu passei.

13

As pessoas que moram na Recoleta gozam de alto poder aquisitivo e podem pagar babás e outros serviçais. Assim, não precisam fazer tarefas domésticas como cozinhar, limpar a casa ou levar as crianças para passear na praça. Isso permite que os moradores da Recoleta tenham mais tempo para fazer o que quiserem: trabalhar, estudar, dormir, não fazer nada, ou até mesmo dedicar-se a atividades artísticas como escrever livros.

14

O primeiro da minha família que veio pra Argentina foi o meu irmão mais velho. Isso foi há uns sete anos. Depois veio a Aurora, a irmã que nasceu antes de mim.

Nessa época, eu trabalhava em casa de família em Asunción. Eu trabalhava a semana toda e no sábado até quatro horas da tarde. Quando eu chegava em casa, tinha toda a roupa acumulada da semana inteira pra eu lavar. E no domingo à noite eu tinha que voltar pra casa onde eu trabalhava. Isso me deixou doente dos nervos. Eu não aguentava mais.

Eu disse pra minha patroa que não estava aguentando. Ela disse que ia diminuir um pouco o trabalho e me deu um mês de férias.

Foi aí que a Aurora perguntou se eu não queria trabalhar na Argentina.

Juntei um dinheirinho que eu tinha, comprei passagem e fui. Sozinha.

Buenos Aires não me impressionou. Eu já conhecia outras cidades grandes e bonitas. O que me impressionou foi o lugar onde a Aurora morava, em Quilmes. Que lugar sujo! As ruas de terra... A terra lá no Paraguai não é que nem aqui, lá a terra é como se fosse de areia. Aqui não, é uma terra que quando chove fica um barro só, tudo sujo. Aquele barro que gruda nos sapatos e não sai.

Quando eu cheguei, vim pra ficar no lugar da minha sobrinha, que cuidava de uma senhora. O bebê da minha sobrinha estava pra nascer e ela não podia mais trabalhar. Aí fui trabalhar com essa senhora. Era uma velhinha bem doente. Ela vivia sozinha, com duas enfermeiras cuidando dela.

A senhora era judia, tinha vindo da Europa criança, fugindo da guerra. Ela era tranquila. Já estava velhinha, não tinha voz nem voto. O problema era a filha dela. Não morava lá, mas estava sempre lá, com a mãe. Ela era muito bruta. Vivia zombando de mim. Nos sábados, ela não podia escrever porque os judeus não podem fazer nada nos sábados. Então ela me pedia pra escrever alguma coisa, e ficava me gozando dizendo que eu escrevia muito devagar. Eu só estudei até a quarta série.

Fiquei lá três meses, até minha sobrinha voltar a trabalhar. Aí fiquei um mês sem trabalho. Aí você ligou pra Aurora e perguntou se ela não conhecia ninguém pra trabalhar na casa de vocês. Aí eu vim pra cá.

15

O patrão de Ana, enquanto escreve estas linhas, pensa na conversa que teve com ela no dia anterior. O patrão de Ana acredita que a pesquisa detalhada é um elemento importante para dar credibilidade à ficção. Ele pediu a Ana que contasse sua história. Ana sentou-se à mesa da cozinha e falou sem parar durante mais de três horas. Falou com tranquilidade, como se aquilo fosse parte de seu trabalho.

Sentado em frente a Ana, o patrão fazia poucas perguntas e tomava notas. Pensou em muitas coisas enquanto escutava. Pensou que a maioria das pessoas está sempre disposta a contar sua vida aos outros. Pensou que a situação em que estava se parecia a uma sessão de psicanálise. Pensou em uma frase que o escritor W. G. Sebald dizia a seus alunos: "Nada do que você inventar será tão horripilante quanto as coisas que as pessoas contarem a você." Pensou que, no fundo, no fundo, estava muito mais interessado nas palavras que ela usava do que nela mesma.

16

Um dia recebi uma mensagem do Florentino no celular dizendo que não queria mais nada comigo, que não existia futuro pra nós.

Chorei muito.

Nunca mais falei com ele. O que eu sabia dele era o que meus filhos às vezes me contavam.

O Roberto, eu conheci em um show do Bronco. Antes se chamava Bronco, agora é El Gigante de América. É um grupo mexicano. Tocava no El Rincón Paraguayo. É uma discoteca paraguaia. Uma das três que tem ali em Constitución.

Começamos a sair juntos.

Foi nessa época que começaram as dificuldades pra mandar dinheiro pro Paraguai. Na Western agora te cobram os olhos da cara, de imposto ou sei lá o quê, é impossível continuar mandando dinheiro. De qualquer jeito, desde que trouxe o Henry e a Heidi pra Buenos Aires eu já não mandava muito dinheiro. Liguei pro Hugo e pro Hernán e eles disseram que estavam trabalhando e não precisavam do dinheiro, podiam se virar sozinhos.

Comecei a juntar dinheiro pra festa de 15 anos da Heidi.

Comecei a preparar a festa uns cinco meses antes.

A Aurora me ajudou muito. Me ajudou com o vestido, com a comida. Era comida que não acabava mais!

A torta, foi a Mercedes que fez. Ela veio do Paraguai especialmente pra festa.

Tanta gente!

Estava tudo bem até a hora em que começou a dança.

O Roberto me tirou pra dançar.

A Mercedes me viu dançando com ele e começou a gritar. Disse que eu era uma sem-vergonha. Que eu era uma mulher casada, que não podia fazer aquilo, que meus parentes eram uns degenerados.

Eu não sabia o que fazer. Não queria que a Heidi visse aquilo acontecendo. Não queria estragar a festa dela. Fui pro quarto e não saí mais de lá. Chorei, chorei.

Eu tinha um nó na garganta. Não conseguia dizer nada.

17

— Cantavas? Pois dança agora!

18

Antes que Miguel possa esmagar com os pés a longa fila de formigas à sua frente, Ana o segura pelo braço e diz, com doçura:

— Não mate as pobrezinhas. Elas são muito trabalhadoras.

ALGUNS HUMANOS

— Oi.
— Vicente, eles entraram aqui de novo.
— Calma, calma. Eles quem?
— Como, eles quem? Os macacos. Quem mais poderia ser?
— De novo?
— De novo. Enquanto você não trocar a tela, eles vão continuar entrando. Você pode por favor fazer isso até amanhã, sem falta? Tinha um mar de aveia em flocos no chão da cozinha. Já perdeu a graça, estou cansada disso.
— Calma, calma. Eu vou trocar a tela.
— Você está dizendo isso há um mês.
— Bom, se você não tivesse dado frutas pra eles logo que a gente se mudou pra cá, eles não estariam tão abusados, né? Os macacos são seres interesseiros. Não aparecem porque querem interação social, eles querem é comida.
— Eu me recuso a ter essa conversa de novo. Só te peço pra honrar o combinado e trocar a tela, por favor. E rápido.
— Tá bom, tá bom... Mudando de assunto, mas nem tanto: terminei de ler o seu livro.
— Nossa, vai chover! Finalmente! E aí? O que achou?
— Tem tempo pra conversar agora?
— Tenho.

— Olha, no geral eu gostei. Achei longo demais, mas gostei.

— Hmm.

— Como sempre, a maior parte da história é insólita, delirante. Conhecendo seu estilo, aposto que essa parte delirante é a parte real. A parte inventada deve ser mais realista e mais prosaica do que os dados reais que você usa. Estou certo?

— Hmm... Não sei, Vicente. Você sabe que eu não gosto muito dessa separação entre "parte real" e "parte inventada". Pra mim é tudo inventado...

— Mas o Ivanov existiu mesmo.

— Existiu.

— E ele realmente tentou criar híbridos de humanos e macacos com inseminação artificial?

— Ele tinha esse projeto, sim. Mas as coisas não aconteceram exatamente como eu descrevi. Toda a parte que se passa na África, onde ele tenta inseminar as fêmeas de chimpanzé com sêmen humano, aconteceu realmente. Depois que o experimento fracassa é que ele resolve tentar o contrário, inseminar mulheres com sêmen de macaco. Aí os russos já tinham fundado o laboratório de primatologia na Abcásia. Só que o Ivanov nunca chegou a trabalhar lá. Os macacos não resistiram ao clima, e depois disso ele foi denunciado por atividades contra-revolucionárias, caiu em desgraça, foi mandado pro exílio no Cazaquistão e morreu por lá. A "parte inventada", como você diz, é que eu imaginei o que teria acontecido se o projeto tivesse continuado.

— Então a protagonista é inventada.

— Não. Ela existiu realmente. Ela escreveu pro Ivanov se oferecendo como voluntária. Algumas cartas sobreviveram, e descobri algumas coisas sobre ela — que ela morava em Leningrado, era judia e tinha nascido na Ucrânia. O resto, eu usei minha imaginação.

— Essa mistura de realidade e ficção me intriga. Eu sempre fico impressionado com a quantidade de pesquisa que você faz. Embora às vezes eu me sinta um pouco oprimido pela quantidade de dados.

— Como assim?

— Eu entendo que você sinta necessidade de encher de detalhes para dar verossimilhança, mas às vezes fica pesado demais.

— Pode dar um exemplo?

— Olha, toda a parte que se passa na África achei muito longa. Tem coisas interessantes, os comentários do Ivanov sobre como os nativos tratavam os chimpanzés como uma raça inferior... Mas você não precisava transcrever as anotações dele, todos aqueles números e observações, entende? Estou supondo que você transcreveu aquilo tudo, porque seria necessário muito conhecimento técnico pra inventar aqueles detalhes todos.

— Mas essa massa de dados que você acha chata, ela é necessária para que o leitor fique com a mesma impressão que você ficou. É de propósito. O leitor lê aquilo tudo e pensa: "Não é possível, isso não pode ser inventado." É aí que eu ganho ele. Ou ela. Depois disso, ele ou ela vai passar o livro inteiro na dúvida sobre o que é real e o que não é. E esse é o efeito que me interessa.

— É, mas saiba que você se arrisca a perder muitos leitores com essas informações todas. Pode ser bem enfadonho. A mesma coisa acontece quando você transcreve aqueles debates na Sociedade de Biólogos Materialistas. Aliás, esse nome é real?

— É.

— O nome é sensacional. Mas eu cortaria essa parte quase toda. Ela não acrescenta nada, entende?

— O que mais você cortaria?

— Olha, pra ser bem franco tem vários desvios de percurso, várias histórias paralelas que você enfiou no livro, eu cortaria quase todas. Eu entendo que você tenha encontrado um monte de histórias no caminho e tenha ficado fascinada com elas. Várias dessas histórias são boas, mas nem sempre elas se conectam com o resto do livro. Eu me lembrei de uma frase do John Steinbeck...

— Agora você me surpreendeu. Nunca imaginei que você gostasse do John Steinbeck.

— Eu não gosto. Mas ninguém ganha o Nobel de literatura por acaso, né?

— ...

— Bom, de qualquer forma, a frase dele é boa. Ele diz mais ou menos o seguinte: cuidado com aquela cena, aquela parte do texto pela qual você sente muito carinho, mais carinho do que o resto. Na maioria das vezes, você vai notar que aquela parte não se encaixa. Então eu sinto que você às vezes fica muito fascinada com as histórias e tenta meter todas elas no livro, mas nem sempre isso funciona, entende?

— Por exemplo?

— A maioria das histórias sobre a Abcásia. Tudo bem você falar da Abcásia, porque foi lá que os russos criaram o laboratório de pesquisa sobre primatas, é lá que boa parte da história acontece. Mas você escreveu uma verdadeira enciclopédia sobre a Abcásia! Eu fico sabendo mais sobre a Abcásia do que eu jamais gostaria de saber, entende? Uma coisa é introduzir umas informações e descrições pra situar o leitor, outra coisa é passar páginas e páginas contando histórias folclóricas sobre homens-macaco no Cáucaso, sobre a vida na Abcásia durante a guerra fria e a importância dos macacos pra corrida espacial, sobre os conflitos da Abcásia com a Geórgia e a luta pela independência... Na boa, tudo o que você conta sobre a guerra entre a Abcásia e a Geórgia, todas as atrocidades, como os macacos sofreram, como depois usaram os macacos em pesquisas sobre estresse pós-traumático, tudo isso é muito interessante, mas é material pra outro livro. Mas o pior mesmo é a parte sobre a Copa do Mundo dos países que não são membros da ONU. Quando você começa a narrar a rivalidade entre a Abcásia e a Ossétia do Sul, a luta da Abcásia pra chegar na final com o Curdistão, essas coisas, aí eu não aguentei. Pulei aquela parte toda. O que aquilo tem a ver com os macacos?

— Mas o livro não é sobre macacos. É sobre humanos. Está no título.

— Aliás, também achei esse título bem fraquinho. Você acha que *Alguns humanos* vai chamar a atenção de alguém? É vago demais. Não tem nenhum gancho, nada que faça as pessoas se lembrarem dele, ou se interessarem por ele no meio de uma pilha de novidades. Por que você não chama o livro de *O experimento de Ivanov* ou algo parecido? O título já instiga, as pessoas vão ler e vão querer saber quem é o tal Ivanov. Tipo *O informe de Brodie*. Ou *A ilha do Dr. Moreau*. Ou *A identidade Borne*.

— Eu quero que as pessoas se sintam instigadas é justamente por essa imprecisão no título. Não por causa de algum "gancho".

— Tá... Mas voltando, eu estava falando das suas divagações. Eu fico sem entender onde você queria chegar, entende? Você sai pela tangente de repente, começa a contar histórias sem relação nenhuma com a narrativa principal...

— Ué, mas não é isso o que os bons romances fazem desde sempre? Olha o *Brás Cubas*, olha o *Dom Casmurro*...

— Mas essas divagações do Machado são curtinhas. Ele sempre retorna rápido à história principal.

— Bom, no *Dom Quixote* tem aquela história do curioso impertinente, que é bem longa, uns três capítulos, e não tem absolutamente nada a ver com a narrativa principal. E naquele livro do Alan Pauls que você gosta? Não tem uma história independente de, sei lá, umas setenta páginas?

— Tá, tá bom, mas... De novo, você está jogando com o leitor, nem sempre ele vai topar te acompanhar. Mas olha, na verdade isso tudo nem é o que me incomodou mais. O que me incomodou mais é o seu tratamento da protagonista.

— O que exatamente você não gostou?

— Eu achei um pouco forçado. Bem forçado, na verdade. Os outros personagens me pareceram bem resolvidos, o Ivanov especialmente, mas a protagonista não me envolveu nem um pouco. Não consegui me identificar com ela, não achei a motivação convincente. Deixa eu ler aqui um trecho... cadê... achei. *Prezado Professor*... cadê.... *Minha vida está em ruínas. Não vejo mais sentido na minha existência...* blá blá blá.... *Mas quando pensei que poderia ser útil para a ciência, tomei coragem de lhe escrever... por favor, me aceite como voluntária...* et cetera... Ela não pôde ter filhos com o homem que amava, então resolveu engravidar de um macaco?! É pedir demais do leitor, entende?

— Esse trecho que você leu foi copiado *ipsis litteris* de uma carta dela. It's all true.

— Não interessa se é verdade ou não, porra! O importante é o efeito que é produzido no leitor. E pra mim soou totalmente implausível.

— Você está sendo grosseiro.

— Eu não estou sendo grosseiro, você é que está na defensiva. Reparou que você rebateu todos os meus comentários? Se você não sabe ouvir, por que pediu minha opinião?

— Você sabe que eu respeito a sua opinião, Vicente. Mas você não dá só sua opinião, você fica tentando me convencer, e aí quando eu não concordo você começa a soltar umas grosserias. Não é a primeira vez que isso acontece...

— Mas eu tenho que poder falar francamente com você, entende? Senão não faz sentido essa conversa.

— Acho que se você falar "entende?" mais uma vez eu me jogo pela janela.

— É o meu jeito de falar, porra. Eu sempre falei assim.

— É verdade. E sempre me incomodou.

— É? Engraçado. Parece que antigamente incomodava menos. Ou então você disfarçava bem.

— "Antigamente"?

— É, antigamente, quando você ainda não era escritora. Ou, pelo menos, quando você ainda não era uma escritora publicada. Antigamente, quando você me agarrou na noite de autógrafos do meu livro. Antigamente, quando eu li e mexi no seu primeiro livro. Antigamente, quando eu te apresentei pro Luiz e pra outros amigos que abriram um monte de portas pra você se tornar primeiro uma jovem promessa, depois uma revelação, depois uma destacada expoente da literatura brasileira contemporânea...

— Puta que o pariu, Vicente. Não acredito que estou ouvindo isso.

— Estou vendo que a grosseria não é exclusividade minha...

— Sabe o que estou achando? Que tem outra coisa no livro que te incomodou, e talvez você não esteja percebendo isso. Ou talvez não esteja querendo falar abertamente sobre isso.

— ...

— Acho que na verdade você não está incomodado com a protagonista, e sim com o companheiro dela.

— Oi?!

— É, o companheiro dela. Quer dizer, o ex-companheiro. Aquele cara bem mais velho do que ela, um artista brilhante, tão brilhante quanto narcisista e egoísta. Aquele cara por quem ela se apaixonou e com quem ela quer ter filhos, mas que detesta falar sobre o assunto. Aquele cara que ela ama, mas que ela acaba deixando pra trás, porque sente que tem muita coisa pra viver pela frente e está muito difícil seguir adiante ao lado dele.

— E essa parte, é inventada ou é real?

— Eu já te disse que pra mim não faz sentido essa separação entre o que é inventado e o que é real.

— Não é verdade que eu deteste falar sobre ter filhos. Quantas vezes a gente já não conversou sobre isso? Quantas? A gente estava falando sobre isso na semana passada! De novo! Não confunde as coisas. A decisão de ter ou não ter filhos é uma coisa, estar disposto a conversar sobre isso é outra coisa.

— Quem detesta falar sobre isso é o personagem, não é você...

— Porra, vamos parar de hipocrisia? Do que a gente está falando mesmo?

— Achei que a gente estivesse falando do meu livro, mas parece que está difícil falar de outras coisas sem falar da gente.

— Isso, vamos voltar a falar do seu livro. Então, caguei pro companheiro da protagonista. Ou ex-companheiro, foda-se. Se você quer usar o seu livro pra fazer terapia ou pra lavar roupa suja, eu acho lamentável, mas você está no seu direito. Você pode fazer o que quiser desde que o seu livro tenha força, desde que ele se garanta. E, com todos os problemas, o livro vai bem até a parte em que a protagonista se submete ao experimento. Até aí o livro é longo pra caralho, eu cortaria metade dele, mas não é ruim. Só que do experimento pra frente o livro perde força, justamente por causa da protagonista. Quando o experimento fracassa, parece que você não sabe muito bem o que fazer com ela. Você sempre defende a imaginação com unhas e dentes, diz que pra você é tudo inventado, mas na hora em que precisa deixar a pesquisa de lado, a partir daí eu sinto que o livro começa a fazer água. Parece que você fica com pudor de se soltar. Como se a parte real da história, sendo naturalmente tão bizarra, inibisse a sua imaginação. Confesso que senti saudade daquele estilo mais solto, mais viajante que você tinha nos primeiros livros. Eu estava certo de que o experimento do Ivanov daria certo e que a protagonista teria um filho híbrido, e queria ver aonde você levaria a história. Mas quando você decide que o experimento não dá certo, e o livro vira um romance psicológico que não tem um desenlace claro, eu perdi a vontade de continuar lendo. Deixei o livro de lado e fiz um exercício de tentar "incorporar" o espírito daquela narradora que você era nos primeiros livros. Não foi difícil imaginar um monte de caminhos possíveis.

Por exemplo: nasce o filho da protagonista, ele tem a inteligência de um homem e a força física de um chimpanzé.

Quando ele chega à adolescência, a União Soviética está em guerra. Ainda muito jovem, ele luta contra os alemães no Cáucaso. A agilidade e ferocidade dele nas batalhas ficam lendárias. Começam a correr histórias sobre ele, verdadeiras e inventadas, histórias que vão se juntar ao folclore sobre homens-macaco que já existia na região. Quando a guerra acaba, ele tenta levar uma vida normal mas não consegue, ele é ameaçador demais para o regime stalinista e acaba sendo levado para uma prisão de segurança máxima, mas escapa espetacularmente e foge para as montanhas do Cáucaso, o que só aumenta a aura lendária que ele já tem. Nesse meio tempo o Ivanov já morreu, e os russos decidem interromper o programa de criação de híbridos e focar na corrida espacial. O homem-macaco some de circulação e volta e meia ouvimos boatos sobre seu paradeiro — talvez ele tenha sido capturado e executado, talvez ele esteja na África ajudando as guerrilhas de libertação nacional. Quando estoura a guerra da Abcásia com a Geórgia, ele reaparece liderando um bando de guerrilheiros chechenos. Aí ele...

—Vicente, desculpe. Fico feliz de ver que o livro te instigou tanto, mas eu não preciso de ideias pra reescrever a história...

— Eu só estava dando um exemplo.

— Eu sei, eu sei. Te agradeço por ter lido e comentado. Mas não vou mudar o livro.

— Você está tomando a decisão errada. Do jeito que está, o livro não se sustenta.

— Pode ser. Mas eu prefiro tomar eu mesma a decisão, mesmo que seja errada, do que alguém tomar a decisão por mim. Mesmo que seja a decisão certa.

(Eles se olham por alguns instantes, em silêncio. Ouvem-se ruídos de coisas quebrando na cozinha.)

AMBYSTOMA MEXICANUM OU
O LABIRINTO INVISÍVEL

I

A obra: oito espelhos redondos com uns trinta centímetros de diâmetro. Um dos espelhos é côncavo (mas isso Marcelo só ficou sabendo depois, quando pesquisou mais sobre a obra e o artista). Cada espelho está encaixado na ponta de um pedestal triangular de aço inoxidável pintado de branco, com um metro de altura. Os espelhos estão dispersos pelo salão sem nenhuma lógica aparente. No centro do salão, uma lâmpada de 150 watts, um pequeno pedestal de madeira com uma caixinha de metal, e outro pedestal de madeira, maior, com um aquário em cima.

Quem se aproxima do aquário logo ouve o som de um alarme eletrônico e vê a lâmpada piscar, e começa a entender que os espelhos demarcam uma espécie de caminho que leva até o centro do salão. Um imperceptível raio de luz sai da caixinha de metal e é rebatido pelos espelhos, formando uma teia. Quem atravessa essa teia faz apitar o alarme e acender a lâmpada. Para chegar até o aquário sem que isso aconteça, é preciso encontrar, por tentativa e erro, o caminho que passa por fora dessa teia. O caminho do labirinto invisível.

Marcelo gostou imediatamente da obra. Era muito mais divertida e interessante do que todo o resto da exposição, com trabalhos de 46 artistas de todo o mundo. Marcelo não entendia de artes plásticas e não queria entender. Era músico, gostava de literatura e cinema, e achava que isso já era o bastante, pois a vida é muito curta para conhecer e gostar de tudo. Mas volta e meia Flávia era convidada para vernissages e ele sempre a acompanhava. Ela nunca insistia para ele ir, mas não precisava: ele sabia que ela esperava isso dele.

Já meio bêbado de champagne, Marcelo ficou brincando de atravessar de propósito as linhas invisíveis só para disparar o alarme. Quando se cansou, chegou afinal ao aquário. E foi aí que tudo começou.

Dentro do aquário nadava um homenzinho com rabo. Ou pelo menos foi isso o que Marcelo pensou quando viu o pequeno ser rosado e translúcido se deslocando e agitando as minúsculas mãozinhas. Olhando melhor, Marcelo reparou na cabeça desproporcionalmente maior do que o corpo, com três protuberâncias de cada lado, que pareciam tranças rastafari, só que rosadas e translúcidas. A boca, congelada num sorriso discreto e quase irônico, fazia um par perfeito com os dois olhinhos negros atentos, que não piscavam. Não, não era humano, mas era assustadoramente parecido.

Marcelo ainda estava paralisado com a descoberta quando um rapaz de óculos e crachá, com as mãos para trás como se estivesse algemado, se aproximou e puxou conversa, respeitoso:

— Impactante, não é?

Sem conseguir tirar os olhos do bicho, Marcelo apontou o aquário e disse:

— O que é isso?

— Isso? É um axolotl — disse o rapaz, como se fosse a coisa mais natural do mundo.

— Um axolotl? Como assim?
— É um bicho mexicano.

Marcelo encarou o rapaz em silêncio, e disse:

— Eu *sei* o que é um axolotl. Eu só não sabia que ele existia.

II

Marcelo tinha 37 anos. Com 19 havia lido Julio Cortázar pela primeira vez e desde então era um dos seus autores favoritos, embora já não o lesse com tanta frequência quanto antes. Marcelo não era tão velho assim, mas muita coisa havia mudado desde que ele tinha 19 anos. Se fosse hoje, depois de ler o conto *Axolotl* Marcelo com certeza colocaria essa palavra em uma ferramenta de busca na internet e acabaria descobrindo que o bicho existe mesmo. Mas naquela época, no final do século xx, nem lhe passou pela cabeça que pudesse ser outra coisa além de um fruto da imaginação caudalosa do escritor.

Quase vinte anos vivendo sob o manto da ilusão. Marcelo se sentia como uma criança que, tendo descoberto que Papai Noel não existe, um dia vê com os próprios olhos o bom velhinho descendo pela chaminé. Poderia ter sido apenas um momento curioso, uma história engraçada para contar aos amigos na mesa do bar, se o incidente não tivesse surpreendido Marcelo em meio a uma crise existencial.

O pai e o avô de Marcelo eram sócios em um dos mais tradicionais escritórios de advocacia do Rio de Janeiro e, como quase sempre acontece quando um espírito vacilante encontra uma tradição sólida, Marcelo foi levado a crer que poderia ser advogado também. No entanto, não demorou a perceber que não tinha a menor inclinação para aquilo. *Aquilo* queria dizer não só a faculdade de direito, como tudo o que se parecesse com ela, ou tudo o que ela pudesse representar. Mas ter consciência do que não queria não era o suficiente para fazer Marcelo largar a faculdade. O medo, a inércia e a falta de opções fizeram com que ele simplesmente fosse ficando. Até que, para sua sorte, uma opção apareceu.

Como tantos outros de sua geração e de sua classe social, Marcelo cresceu ouvindo rock. Aos 12 anos começou a tocar violão e a partir de então passava tardes inteiras ouvindo Led Zeppelin e Pink Floyd e tirando, nota por nota, solos de guitarra intermináveis. Foi só depois dos vinte e poucos anos que se deu conta de que a música brasileira é uma das mais ricas e interessantes do mundo. A descoberta não foi apenas de Marcelo, mas de muitas outras pessoas da mesma geração e da mesma classe social, e foi acompanhada pela descoberta coletiva do contato com o sexo oposto. Da noite para o dia, começaram a aparecer centenas de músicos jovens tocando música brasileira, e milhares de jovens que queriam escutar música brasileira, ainda que não a conhecessem direito. Mais importante do que isso: esses jovens logo descobriram que essa música é muito boa para dançar, especialmente para dançar a dois.

Assim, para surpresa de todos, nos primeiros anos do século XXI começou a existir — ou melhor, voltou a existir — um grande mercado no Rio de Janeiro para músicos que tocassem música brasileira, com a abertura de diversas casas noturnas no bairro da Lapa. Marcelo teve a sorte de estar na hora certa e no lugar certo quando isso aconteceu.

Um de seus amigos, que tocava em um grupo de samba, sofreu um acidente e teve que ser hospitalizado. Convidado a substituí-lo, Marcelo acabou se incorporando definitivamente ao grupo e aprendeu a tocar samba, gênero musical que até então só conhecia superficialmente. O barzinho na Rua Mem de Sá onde o grupo tocava foi enchendo cada vez mais e Marcelo descobriu que poderia ganhar a vida com isso.

Tocar noite adentro durante quatro ou cinco dias por semana logo se mostrou incompatível com as aulas de manhã cedo. Marcelo largou a faculdade no meio do quarto semestre. Faltavam apenas três anos para ele se tornar um advogado, mas três anos podem ser uma eternidade, especialmente para alguém de vinte e poucos. Os pais protestaram, mas Marcelo comprou a briga; além disso, avisou que sairia de casa. A mãe, a princípio incrédula, acabou apoiando o filho, e o pai não teve remédio senão apoiá-lo também. Com 22 anos, Marcelo saiu de casa e se tornou músico profissional.

Foi uma época gloriosa. Marcelo alugou um conjugado em Laranjeiras e seus pais compraram os móveis — uma cama de casal, um televisor, um sofá de dois lugares, uma mesinha e duas cadeiras de fórmica que estavam em promoção na Casa & Vídeo. Seu pai foi seu fiador e sua mãe fazia compras no supermercado uma vez por mês e enchia a geladeira do apartamento. Mas o aluguel e as contas eram pagos por Marcelo, o que era motivo de orgulho para ele.

Jovem, solteiro e talentoso, Marcelo nunca comeu tanta mulher na vida. Até hoje ele se lembra dessa época com saudade.

III

O prestígio de uma profissão em uma determinada sociedade é algo sempre difícil de definir de maneira objetiva. Ainda assim, é possível perceber com razoável nitidez que na sociedade brasileira os artistas bem-sucedidos, assim como os atletas de alto desempenho, estão entre as pessoas mais valorizadas e invejadas. É muito mais fácil encontrar um jovem de classe média que tenha como sonho de vida ser cineasta, escritor ou músico do que um que queira ser contador, gerente de vendas ou empresário.

Marcelo se beneficiou por vários anos do prestígio de ser artista. Para moças de vinte e poucos anos, músicos jovens exercem enorme atração. Mas o tempo sempre passa, e um dia Marcelo percebeu que as coisas tinham mudado.

Ao passar dos trinta, ele começou a se cansar da vida que levava. Continuava tocando o mesmo tipo de música, nos mesmos lugares onde havia começado sua carreira, ganhando mais ou menos o mesmo que ganhava há anos, e morando no mesmo conjugado. Mas agora ele tinha que competir no mercado de trabalho com músicos mais jovens, que olhavam para a geração de Marcelo e percebiam que era possível viver de música. Para esses músicos mais jovens, tocar na noite era uma novidade e um prazer como um dia haviam sido para Marcelo, e por isso eles tinham mais disposição e aceitavam tocar por menos dinheiro. Pela lei implacável da oferta e da demanda, o número cada vez maior de músicos resultou em uma redução do pagamento médio oferecido pelas casas noturnas. Assim, a geração que protagonizou o renascimento musical da Lapa — Marcelo incluído — foi percebendo que sua situação laboral, em vez de melhorar, estava piorando.

Ao mesmo tempo, as mulheres que antes se sentiam atraídas por músicos jovens como Marcelo agora estavam mais velhas. Queriam se casar e ter filhos, e buscavam um companheiro que quisesse a mesma coisa e pudesse lhes dar estabilidade financeira e emocional. Marcelo não podia reclamar da falta de mulher — novas moças de vinte e poucos anos entravam no mercado sexual, e muitas sentiam atração por músicos um pouco mais velhos — mas a verdade é que a maré estava mudando, e ele podia sentir isso. Começou a se sentir angustiado. No princípio, não entendia bem por quê; aos poucos, foi montando as peças do quebra-cabeça.

Do ponto de vista artístico, Marcelo estava de saco cheio de tocar sempre músicas dos outros, sempre as mesmas músicas, e de se apresentar para um público que estava muito mais interessado em sexo do que em música, por melhor que fosse. Assim, Marcelo acabou chegando inevitavelmente à fase de querer priorizar aquilo que os músicos chamam de *meu trabalho autoral*.

Do ponto de vista afetivo, Marcelo se cansava da volatilidade das relações. Começou a desejar mais previsibilidade e menos comida de microondas. Já tinha namorado mais ou menos seriamente algumas meninas, mas a verdade é que o dia-a-dia de músico não contribuía para a estabilidade do namoro. Nenhuma namorada tinha tempo nem disposição para ver Marcelo tocar todas as noites. Era inevitável que ele ficasse sozinho várias noites por semana, sujeito às igualmente inevitáveis tentações.

É nesse ponto da história que aparece Flávia.

Alguns anos mais velha do que Marcelo, filha única de um militar viúvo, ela nunca teve moleza na vida. Ainda no primeiro ano da faculdade de administração juntou-se com duas amigas, pediu um empréstimo no banco e abriu uma pequena loja de roupas em uma galeria de Copacabana. Trabalhando duro, conseguiu se firmar e construir uma clientela fiel. Para surpresa de todos, inclusive dela mesma, quitou o empréstimo cinco meses antes da data prevista.

Na época em que a segunda filial da loja foi inaugurada, Flávia conheceu seu primeiro marido, um juiz trabalhista. Com apenas dois meses de namoro, foram morar juntos. Embora Flávia quisesse ter filhos, o trabalho a absorvia quase inteiramente e ela não tinha pressa. E assim se passaram nove anos.

Com uma conta bancária extremamente saudável, sem dever nada a ninguém e chegando perto dos 40 anos, Flávia se sentia infeliz e esmagada pela vida. Apesar de bonita, rica e bem-sucedida, em sua vida inteira tinha ido para a cama com apenas quatro homens. Já não sentia afinidade nem desejo pelo marido e decidiu se separar dele, que foi pego de surpresa e chorou muito. Dois meses depois, o ex-marido namorava uma estagiária de 26 anos e Flávia, que nunca trabalhava menos de 12 horas por dia, sábados inclusive, ainda não havia acrescentado um quinto nome à sua lista.

Um dia, no casamento de uma amiga, encontrou Marcelo, que tocava na banda contratada para animar a festa. Todo vestido de branco, bêbado e cínico, ficou o show inteiro olhando para Flávia, sentada em uma mesa em frente ao palco. No intervalo se agarraram, e nessa mesma noite Marcelo dormiu na casa dela.

IV

O tempo foi passando, a relação se consolidou e ele dormia quase todas as noites na casa dela. O conjugado em Laranjeiras passou a ser uma espécie de depósito de roupas e instrumentos, que Marcelo utilizava às vezes para ensaiar, às vezes para transar com alguma outra mulher, às vezes para se refugiar quando brigava com Flávia.

No começo ele mantinha um verniz de orgulho, não permitindo que ela pagasse jantares caros e outros gastos que não cabiam no orçamento dele. Mas ela logo o convenceu, argumentando que, se ela tinha mais dinheiro e se estavam juntos, era lógico que ela pagasse mais, afinal imagine se fosse o contrário, ele veria algum problema em pagar jantares para ela? Ele teve que reconhecer que não. Felizmente não vivemos mais em uma sociedade tão machista, é perfeitamente natural que uma mulher pague um jantar para o homem com quem está saindo.

Vencida essa primeira barreira — e Marcelo respirava aliviado, pois com sua recusa inicial seu orgulho continuava intacto, ele apenas tinha cedido à argumentação ponderada e realista dela —, Flávia logo começou a aparecer com presentes cada vez mais caros. Dizia que ele tinha uma elegância natural, mas que seu guarda-roupa não ajudava muito, e comprava para ele três ou quatro camisas sociais de uma vez. Depois, disse que a casa dele era "muito aconchegante" (um eufemismo para "muito pequena"), mas podia ficar muito mais bonita com algumas mudanças simples. Comprou um sofá novo, bem mais bonito e caro do que aquela velharia que Marcelo tinha na sala; um televisor de plasma, com metade do peso e o dobro do tamanho do televisor anterior; e um aparelho de som de última geração, afinal um músico talentoso não pode se dar ao luxo de se contentar com aquele velho três-em-um fuleiro, certo?

Por fim, no aniversário de Marcelo ela apareceu com um envelope branco com um laço de fita rosa. Dentro do envelope havia uma passagem aérea e uma reserva de um hotel em Paris. Nos anos seguintes, foram a Nova York, a Londres e a vários resorts no Nordeste.

Marcelo não demorou muito para entender que Flávia adoraria ter um filho com ele, e que se quisesse ter um filho não podia demorar muito, pois o relógio biológico não perdoa. Embora ele gostasse de crianças e não descartasse a ideia de ser pai, tinha outras prioridades. Ela não forçava o assunto, acreditando que mais cedo ou mais tarde isso viria à tona naturalmente.

Enquanto isso, Marcelo sentia cada vez menos vontade de tocar na noite. Não podia deixar de fazer isso, pois era a única fonte de renda de que dispunha e precisava do dinheiro para manter pelo menos uma aparência de independência em relação a Flávia; seria ridículo se, além de tudo, ela também pagasse o aluguel do conjugado. Mas ele agora tocava sem o menor prazer, por pura obrigação, e os outros músicos percebiam isso. Marcelo era talentoso, mas seus companheiros foram aos poucos perdendo a paciência com alguém que tocava com a cara amarrada, como se estivesse fazendo um favor, e sempre reclamava do pagamento, das condições de trabalho e do público que não entendia nada de música. Aos poucos, deixou de ser chamado para tocar em eventos ou para substituir outros músicos.

Marcelo queria investir no seu trabalho autoral e dedicava cada vez mais tempo à composição e ao estudo, mas ficava desanimado com a perspectiva de investir milhares de reais e dezenas de horas de estúdio para ensaiar, gravar e lançar um disco. Não tinha condição nenhuma de fazer isso. Ao mesmo tempo, olhava em volta e via músicos mais velhos do que ele, muito respeitados, com vários discos gravados, que continuavam a tocar em bailes e casamentos e a reclamar do pagamento, das condições de trabalho e do público que não entendia nada de música. Marcelo via a si mesmo no futuro, e não gostava do que via. Pela primeira vez pensou seriamente em deixar a música e fazer alguma outra coisa da vida, enquanto ainda tinha tempo.

Um dia, enquanto jantava com Flávia em um restaurante japonês, disse a ela que estava pensando em largar tudo e estudar para o concurso de fiscal de rendas. Disse que um emprego público lhe daria estabilidade para poder se dedicar à arte sem comprometer sua integridade artística. Há uma longa e respeitável tradição de músicos que foram funcionários públicos.

Flávia, perturbada, respondeu que ele era muito talentoso para se resignar a uma vida medíocre de burocrata. Ela já tinha sido casada com um funcionário público e sabia do que estava falando. Disse que ele não devia abandonar seu sonho. Finalmente, disse que estava ao lado dele, pronta para apoiá-lo no que fosse preciso, como fosse preciso, e que dinheiro não era problema. Há uma longa e respeitável tradição de músicos sustentados por mecenas.

Marcelo não esperava uma reação tão incisiva. Ficou comovido com o carinho de Flávia. Mas algo dentro dele, um último vestígio de orgulho que não queria se render, dizia que ele não podia passar a vida inteira sustentado por outra pessoa. Pior: quanto mais dependesse de Flávia, mais se sentiria refém dela. É claro que, em teoria, ele era livre para se separar dela quando quisesse; mas, na prática, ele sabia que ficaria cada vez mais dependente, cada vez mais viciado em conforto, e com o passar do tempo o custo de abrir mão do que ela lhe dava seria cada vez maior. Além disso, mesmo que Flávia não dissesse nada, ele sentia crescer entre eles a obrigação de retribuir tanta generosidade. A pressão surda e invisível para ter um filho aumentava lentamente a cada dia. Dentro de Marcelo, uma voz lhe dizia: Resista! Não se entregue! Seja dono da sua vida, mesmo que ela não seja tão confortável quanto a vida que você leva agora! A liberdade vale mais do que um televisor de plasma!

Nos dias seguintes, Marcelo, confuso, não sabia o que fazer, na dúvida entre jogar tudo para o alto e começar a estudar para o concurso, ou se resignar e aceitar o mecenato de Flávia. Pensava no que quer dizer ser artista, viver de arte. Para quê? Para quem? Pensava que a liberdade real é impossível, que a verdadeira liberdade é poder escolher qual é a sua prisão.

Foi aí que Marcelo encontrou o axolotl.

V

Quando o discípulo está pronto, o mestre aparece. E o mestre de Marcelo apareceu sob a forma de um anfíbio com cauda, da família dos ambistomáditos.

Voltando para casa depois do vernissage, Marcelo respondia com monossílabos às tentativas de Flávia de engatar uma conversa. Ele andava meio arredio ultimamente e ela achou melhor não insistir. Ao chegarem perto da casa dela, ele pediu que ela o deixasse no conjugado em Laranjeiras pois queria dormir lá. Ela perguntou se havia alguma coisa errada, e ele disse que não, só queria ficar sozinho um pouco.

Outras mulheres nessa situação talvez tivessem ido dormir angustiadas, ou mesmo passado a noite em claro ruminando a própria insegurança, mas Flávia tinha a cabeça no lugar e não se perturbou. Sabia que não há nada como um dia depois do outro.

No dia seguinte, ela esperou até o meio-dia para telefonar para Marcelo. Ele não atendeu. Ligou duas horas depois, ele também não atendeu. Ela pensou em usar um truque sujo e ligar da portaria do prédio para que ele não reconhecesse o número no visor do celular, mas resistiu à tentação.

Tentou novamente no dia seguinte, e no seguinte, e nada.

Marcelo nunca tinha dado um sumiço desses. Flávia chegou à conclusão de que havia acontecido algo sério com ele. Não estava errada.

Descobrir que o axolotl não era um produto da imaginação foi um choque para Marcelo. Se o bicho existia de verdade, então outras coisas supostamente imaginárias também poderiam existir. De repente, todo o universo da criação artística pareceu a ele muito mais poderoso, ameaçador e celestial do que jamais havia sido. Por consequência, os artistas eram agora seres diferentes, xamãs que desafiavam as leis da natureza. E ele também era um artista, disso não havia dúvida.

Pela primeira vez em mais de 15 anos de carreira, Marcelo entendeu de verdade, com o coração e com todas as outras vísceras, a missão sublime que lhe fora destinada em sua existência terrena. Essa compreensão lhe trouxe sensações contraditórias. Sentiu-se honrado e abençoado, e entendeu que todas as suas composições, até mesmo as que ele rejeitava, eram entidades luminosas que não pertenciam a ele, e sim à humanidade inteira.

Enquanto isso, Flávia tentava analisar a situação com distanciamento. Esforçou-se para se colocar no lugar dele e sentir o que ele sentia. Chegou à conclusão de que ele sentia insatisfação com a carreira, impotência diante da falta de perspectivas e relutância em aceitar o inevitável: que dar uma guinada na carreira artística significava dedicar-se integralmente à criação, que a única maneira de fazer isso era ser bancado por um mecenas, e que o único mecenas que ele tinha era ela.

Flávia se preparou psicologicamente para longas conversas com Marcelo. Pragmática, ela sabia que ele iria acabar aceitando o mecenato, mas que antes disso era necessário passar pelo teatrinho de sempre: ele recusaria, invocando convicções reais ou fingidas, fazendo pose de estoico e idealista; ela insistiria, com calma, doçura e argumentos realistas; ele voltaria a recusar; ela insistiria novamente; e assim por diante, até ele ceder, mantendo seu orgulho intacto.

Mas não foi nada disso o que aconteceu.

Marcelo rompeu o silêncio convidando-a para jantar no mesmo restaurante japonês onde haviam comido semanas antes. Quando ela chegou, ele já estava lá. Beijou-a como se nada houvesse acontecido e, antes que ela pudesse fazer algum comentário, ele anunciou, em frases curtas e diretas, que topava a proposta dela.

Surpresa e radiante, ela sentiu o coração bater mais rápido. Levantou-se, sentou no colo de Marcelo e beijou-o durante longos minutos, provocando inveja e comentários maledicentes nos outros casais que estavam no restaurante.

Durante o jantar, beberam duas garrafas inteiras de saquê e mais duas caipirinhas de saquê com lichia. Fizeram muitos planos, gargalharam, se olharam com ternura. Feliz, ela sentiu que algo estava mudando entre eles.

Ao final do jantar, Flávia pagou a conta.

VI

Eis aqui uma relação sumária dos fatos que lançaram luz inesperada sobre uma questão controvertida durante tanto tempo.

Em janeiro de 1864, o zoológico do Museu de História Natural de Paris recebeu como obséquio do Jardim Zoológico de Aclimatação do Bois de Boulogne seis axolotes do México. O fato de o Jardim Zoológico de Aclimatação dispor de axolotes do México era uma consequência indireta de os franceses ocuparem militarmente o México desde 1862, após o presidente Benito Juárez ter decretado a suspensão do pagamento da dívida mexicana com a França.

O professor Auguste Duméril, catedrático de herpetologia e ictiologia do Museu de História Natural de Paris, recebeu os axolotes com grande interesse. O professor estava decidido a esclarecer de uma vez por todas se o axolotl era uma forma larvar de alguma espécie de salamandra, como defendiam Shaw, Cuvier, Rosconi e Baird, ou se era uma espécie em si mesma, como queriam Smith, Hogg, Tschudi e Calori.

A causa dessa divergência era o comportamento pouco usual do axolotl. Ao contrário dos outros tipos de salamandras, que ao atingirem a idade adulta perdem as características do estado larval, o axolotl parecia manter essas características durante toda a vida. As salamandras terrestres, assim como os sapos e as rãs, vivem na água quando são larvas e, à medida que crescem, passam a viver na terra e se metamorfoseiam, abandonando as brânquias e desenvolvendo pulmões. O axolotl, ao contrário, permanece na água por toda a vida e nunca perde as brânquias externas, nem a barbatana caudal que vai do final da cabeça até a ponta da cauda.

Nos primeiros dias de dezembro de 1864, o professor Duméril reparou que um dos seis axolotes se distinguia facilmente dos outros pelo volume que seu corpo adquiria, parecendo ser uma fêmea com os ovários distendidos. A suposição se confirmou em janeiro do ano seguinte, com a inchação dos lábios do orifício genital do animal. Em 18 de janeiro, houve uma grande agitação no aquário e todos os seus habitantes se puseram em movimento; a fêmea se mexia sem parar enquanto tentava, sem sucesso, escapar dos machos que a perseguiam. Pouco tempo depois, nasciam os primeiros filhotes.

O professor Duméril sentiu-se inclinado a apoiar a hipótese de que o axolotl era uma espécie em si mesma, já que a capacidade de se reproduzir é um dos traços que definem os indivíduos adultos de qualquer espécie, em oposição às formas larvares e juvenis. No entanto, o professor lembrou-se de que havia algumas espécies de anfíbios cujo aparelho reprodutor entra em ação antes da metamorfose, como o tritão alpino (*Triturus alpestris*).

Nos primeiros dias de setembro de 1865, os filhotes nascidos em janeiro já eram quase indistinguíveis de seus pais. O professor notou então que um dos filhotes chamava a atenção por seu aspecto distinto. Já não tinha brânquias externas nem a barbatana caudal, a forma da cabeça havia se modificado, e numerosas manchas amareladas haviam aparecido em seu corpo. Em 28 de setembro, um segundo axolotl apresentou os mesmos sinais. Nos meses seguintes, outros axolotes se metamorfosearam sucessivamente; no começo de 1866, 11 axolotes haviam passado pela transformação e se transformado em salamandras terrestres.

Surpreso com tais metamorfoses, até então desconhecidas pela ciência, o professor Duméril chegou à conclusão, que mais tarde se mostrou errônea, de que o axolotl era na verdade uma larva de uma espécie de salamandra do gênero *Ambystoma*. Hoje se sabe que o axolotl é uma espécie particular de salamandra que raramente se metamorfoseia, exceto em circunstâncias excepcionais, como estresse ou mudanças bruscas de habitat. No entanto, o estudo do professor foi o ponto de partida para a descoberta de um importante processo biológico: a *neotenia*, ou seja, a retenção, em animais adultos, de características típicas da sua forma jovem ou larvar.

O professor Duméril não tinha como saber disso, mas os descendentes dos axolotes que ele recebeu no Museu de História Natural de Paris deixariam uma profunda impressão em um visitante que, um século depois, percorreria as galerias do Museu. Esse visitante se chamava Julio Cortázar.

VII

Não existem dados precisos a respeito, mas pergunte a qualquer tatuador profissional e ele lhe dirá que a maioria esmagadora das pessoas faz sua primeira tatuagem antes dos 25 anos. Pessoas como Marcelo, cuja primeira tatuagem foi feita aos 37 anos, são, portanto, uma exceção.

Quando ele chegou em casa com um axolotl cor-de--rosa tatuado na omoplata esquerda, Flávia ficou surpresa, mas não chegou a se incomodar. Depois de alguns dias, ela até passou a gostar do desenho. Era mais um sinal de que Marcelo estava mudando. Os outros sinais eram o bom humor quase permanente, sem sinal da angústia que tinha marcado os meses anteriores, e as horas incontáveis que ele passava tocando e compondo, alheio a tudo o que acontecia em volta.

Os primeiros meses do mecenato foram um idílio. Ele dormia praticamente todos os dias na casa dela e transavam com mais frequência do que nunca. Quando ela chegava do trabalho, tarde da noite, se amavam e depois ele mostrava a ela suas composições.

Um dia, Flávia disse a Marcelo que estava cansada de tomar pílula e que queria variar de método contraceptivo, talvez usar diafragma. Ela já vinha pensando nisso há algum tempo, mas evitava tocar no assunto por não saber como ele iria reagir. Para surpresa dela, ele não deu a mínima bola e disse a ela para fazer o que achasse melhor. Ela se esforçou para encarar a reação dele de forma positiva, mas não conseguiu. Sem saber direito por quê, se sentiu frágil.

Com o passar do tempo, Flávia percebeu que Marcelo acordava cada vez mais tarde e compunha cada vez menos. Agora era comum que ela chegasse em casa à noite e o encontrasse lendo ou assistindo televisão. Quando ela insinuou, em tom de brincadeira, que a produtividade dele estava caindo, ele reagiu agressivamente e brigaram sério pela primeira vez em meses. Marcelo disse que não era um dos empregados dela e que a produtividade dos artistas se mede por parâmetros próprios, que ela não tinha competência para avaliar. Magoada, ela o chamou de grosseiro e mal-agradecido. Isso o irritou ainda mais. Ele disse que, se ela fazia tanta questão de esfregar na cara dele a ajuda que dava, então ele não precisava dessa ajuda. Saiu batendo a porta e não dormiu na casa dela.

No dia seguinte, ela acordou arrependida de ter discutido com ele. Sentiu vontade de ligar, mas não ligou. Passaram-se seis dias e ele não deu sinal de vida. Ela sentiu medo de perdê-lo e resolveu telefonar. Ele atendeu e foi bem mais afetuoso do que ela esperava. Naquela noite, Marcelo voltou a dormir na casa de Flávia e ela nunca mais fez comentários sobre os hábitos dele.

Depois de meses de planejamento, ele finalmente começou a gravar um disco com suas composições. O cronograma e o orçamento inicialmente previstos logo ficaram obsoletos. As sessões de gravação duravam muito mais tempo do que o previsto e se interrompiam durante semanas porque, ao escutar o que já havia sido gravado, Marcelo nunca ficava satisfeito e queria refazer trechos ou até mesmo o arranjo inteiro de cada música.

Um ano depois de iniciado o mecenato, apenas três músicas do disco de Marcelo haviam sido gravadas, e Flávia estava um ano mais perto do ocaso da sua vida fértil.

VIII

Depois de tanto tempo afastado da vida de músico da noite, um dia Marcelo sentiu saudades da boemia e resolveu reencontrar sua antiga banda, que continuava tocando no mesmo bar da Rua Mem de Sá. Chegou sozinho, carregando o violão, sem avisar ninguém. Foi recebido com festa pelos amigos, que anunciaram sua presença ao microfone, pediram uma salva de palmas e o chamaram ao palco para tocar com eles.

Depois do show, ficou mais duas horas bebendo com os amigos até o bar fechar. Foram todos para a casa do pandeirista, que morava a dois quarteirões dali. O pandeirista disse que aquele reencontro histórico não podia passar em branco e merecia uma comemoração. Tirou um papelote de dentro do estojo do pandeiro, despejou o conteúdo em cima da mesinha de vidro da sala e, com um cartão de crédito, bateu seis grossas carreiras, uma para cada um dos presentes. Marcelo não cheirava cocaína há mais de três anos.

Dez minutos depois estavam todos de volta à rua e foram caminhando até outro bar, que sabiam que estaria aberto. Sentaram em uma mesa na calçada e lá ficaram bebendo e falando pelos cotovelos, até que o pandeirista se levantou para conversar com um amigo que estava em outra mesa e voltou com a notícia de que havia uma festa na casa do Leozinho em Santa Teresa. Não precisou muito para todos se empolgarem, inclusive Marcelo, que era o único que estava de carro. O carro, claro, pertencia a Flávia.

Marcelo não tinha muita intimidade com Leozinho, um promotor de festas amigo de seus amigos, e não o via há mais de dois anos. Nesse meio tempo, Leozinho tinha deixado crescer tranças rastafari. Parece um axolotl, pensou Marcelo ao vê-lo abrir a porta do apartamento.

A porta dava para um corredor que se abria em uma sala grande, com vista para o Morro dos Prazeres. A sala estava quase às escuras, pois Leozinho, como qualquer um que tenha experiência em organizar festas, sabia que as pessoas, em qualquer lugar, sempre dançam na razão inversa da quantidade de luz existente no ambiente. Além disso, sabia também que o bom DJ é aquele que consegue atender simultaneamente a dois desejos contraditórios e inconciliáveis: as pessoas querem ouvir o que já conhecem, mas também querem ser surpreendidas. O resultado: a sala estava lotada de gente dançando.

Marcelo sentiu um calafrio. Soube naquele momento, com uma certeza que parecia vir de outra dimensão, que antes daquela noite acabar ele iria para a cama com outra mulher — o que de fato aconteceu.

Horas depois, já de manhã, Marcelo maldizia a força centrífuga que havia feito o carro derrapar em uma curva da Avenida Almirante Alexandrino e bater em um poste quando ele voltava da casa da Aline, sem saber que na verdade aquilo que chamamos vulgarmente de força centrífuga não existe, o que existe são situações em que uma força centrípeta de repente se torna insuficiente para manter a trajetória curvilínea de um objeto, e esse objeto passa a descrever uma trajetória retilínea, como por exemplo quando Marcelo não pressionou o pedal do freio com força suficiente para produzir o necessário aumento do atrito entre o pneu e o solo, já que estava distraído pensando se a moça se chamava mesmo Aline ou se na verdade o nome dela era Alice. Mas, pensando melhor, saiu barato, afinal nenhum dos quatro airbags do carro se abriu, e repor um airbag, unzinho só, em um carrão como o da Flávia, não sai por menos de quatro mil reais.

Flávia se vestia para ir trabalhar quando Marcelo chegou. Depois de se certificar que o acidente não tinha causado a ele nenhum dano físico, ela ordenou que ele fizesse um relatório detalhado do que tinha acontecido durante a noite. Ele retrucou que poderia ter morrido no acidente e que em vez de acolhê-lo ela estava tirando satisfações como se fosse um sargento durão de filme americano. Ela o mandou tomar no cu. Ele disse que ela não precisava ficar histérica. Ela lhe deu um tapa na cara. Ele ficou em silêncio alguns segundos, olhou para os próprios pés, levantou a vista até encontrar os olhos dela, que faiscavam de raiva, e disse:

— Quem bate perde a razão.

Flávia respirou fundo e se sentou na cama. Colocou as duas mãos na testa e suspirou, de olhos fechados. Ele se manteve de pé, imóvel.

Ela perguntou se ele tinha planos de amadurecer algum dia ou se pretendia continuar indefinidamente na adolescência, pois ela não tinha nascido para ficar sustentando marmanjo.

Marcelo respondeu que se ela queria um homem maduro deveria ter continuado casada com o ex-marido, e que se músicos como Mozart, Jimi Hendrix, Cazuza e Kurt Cobain tivessem se preocupado em amadurecer em vez de fazer música, o mundo seria infinitamente mais árido e triste do que já é.

Ela abriu a porta e disse para ele ir embora. Ele foi.

Marcelo tinha certeza que ela ia telefonar no dia seguinte. E de fato foi o que ela fez, mas não pelo motivo que ele esperava. Ela ligou para comunicar que passaria no conjugado dele no fim da tarde para apanhar o sofá, o televisor de plasma, o aparelho de som e todas as outras coisas que tinha comprado com o dinheiro dela.

IX

Quando Flávia deu o sofá novo a Marcelo, ele não viu sentido em ficar com o velho e o presenteou ao porteiro do prédio. O mesmo aconteceu com o televisor e o aparelho de som. Agora, sem sofá, sem televisor e sem aparelho de som, Marcelo não tinha coragem de pedir tudo de volta, nem tinha dinheiro para comprar outros novos. Eu não pedi nada a ela, e no final das contas acabei perdendo o que tinha, ele pensava. O mundo é cruel e contraditório, e é difícil estar sozinho nele.

Marcelo olhou em volta da salinha, subitamente mais espaçosa, e viu pouca coisa: livros, um almofadão, uma calça jeans jogada em cima de uma cadeira, o estojo do seu violão.

Abriu o estojo e retirou o instrumento. Encostou de leve o dedo indicador no quinto traste da sexta corda e o dedo anular no sétimo traste da quinta corda, fazendo soar dois harmônicos levemente dissonantes. Girou devagar a tarraxa da quinta corda até que os dois sons se fundissem em um só. As cordas estavam um pouco velhas, mas ainda seguravam a afinação.

Marcelo começou a tocar uma das três faixas que tinha gravado para o disco, um samba que imitava o Paulinho da Viola. Antes que a canção chegasse ao fim, parou de tocar de repente, perturbado. A composição, a mesma composição em que havia investido tanto tempo e esforço, agora lhe parecia estranha e vazia como uma cigarra da qual só sobrara a casca.

Ficou alguns instantes em silêncio, depois começou a cantarolar algumas notas. As notas foram ganhando forma e se articulando até virarem uma frase melódica. Marcelo cantou a frase duas, três vezes. Cantou-a novamente, harmonizando-a com um acorde menor. Percebeu que a frase naturalmente pedia uma continuação, como as perguntas pedem respostas.

Gustavo Pacheco nasceu no Rio de Janeiro em 1972. É doutor em Antropologia pelo Museu Nacional / Universidade Federal do Rio de Janeiro. Publicou o seu primeiro livro, *Alguns humanos*, em 2018. Codirige a revista literária *Granta em língua portuguesa*, é cronista da revista *Época* e traduziu livros de Roberto Arlt, Julio Ramón Ribeyro e Patricio Pron. Como diplomata, trabalhou em Buenos Aires, na Cidade do México e em Brasília, onde vive atualmente.

AGRADECIMENTOS

No Brasil: Ademir Assunção, Adriana Schneider Alcure, Carlos Henrique Schroeder, Chantal Castelli, Daniel Bueno, Diogo Almeida, Georgiana Góes, Guilherme Sá, Joana Cavalcanti de Abreu, Joca Reiners Terron, Jorge Viveiros de Castro, Martha Abreu, Milton Hatoum, Patrick Pessoa, Pedro Miranda, Raphael Berendt, Ricardo Cotrim, Ricardo Lísias, Ricardo Rizzo, Roberto Lanari, Rodrigo Garcia Lopes, Sérgio Sant'Anna, Silvia Hunold Lara.

Na Argentina: Andrea Alvarez, Ciro Korol, Federico Lisica, Juan Forn, Laura Cukierman, Maria Eugenia Barbosa, Pablo Marquevich, Samantha Schweblin, Sebastián Masquelet.

No México: Luigi Aimara, Paula Abramo, Rafael Toriz.

Na Alemanha: Karl Schilling, Ricardo Domeneck.

Em Portugal: Bárbara Bulhosa, Carlos Vaz Marques.

Em qualquer lugar: Alice Lanari.

alguns humanos

foi composto em caracteres Hoefler Text
e impresso pela Geográfica, sobre papel
Pólen Bold de 90 g, em
dezembro de 2019.